VIDA, JOGO E MORTE DE LUL MAZREK

ISMAIL KADARÉ

Vida, jogo e morte de Lul Mazrek

Tradução do albanês
Bernardo Joffily

Copyright © 2002 by Librairie Arthème Fayard

Título original
Eta, loja dhe vdekja e Lul Mazrekut

Capa
João Baptista da Costa Aguiar

Foto de capa
Paul Edmondson/Gett Images

Preparação
Maria Cecília Caropreso

Revisão
Ana Maria Barbosa
Renato Potenza Rodrigues

Dados Internacionais de Catalogação na Publicação (CIP)
(Câmara Brasileira do Livro, SP, Brasil)

Kadaré, Ismail, 1936-
    Vida, jogo e morte de Lul Mazrek / Ismail Kadaré ; tradução do albanês Bernardo Joffily. — São Paulo : Companhia das Letras, 2004.

    Título original: Eta, loja dhe vdekja e Lul Mazrekut.
    ISBN 85-359-0531-6

    1. Romance albanês I. Título.

04-4446   CDD-891.99135

Índice para catálogo sistemático:
1. Romances : Literatura albanesa 891.99135

[2004]
Todos os direitos desta edição reservados à
EDITORA SCHWARCZ LTDA.
Rua Bandeira Paulista 702 cj. 32
04532-002 — São Paulo — SP
Telefone (11) 3707-3500
Fax (11) 3707-3501
www.companhiadasletras.com.br

VIDA, JOGO E MORTE DE LUL MAZREK

1. Prólogo

Os fatos relatados abaixo ocorreram durante o verão numa cidade albanesa à beira-mar. Era um verão bonito, claro de dar arrepios, um desses verões mais fáceis de se imaginar em um fim de século repleto de perigos.

O lugar não era menos magnífico: o litoral, com sua abundância de pequenas praias, a calçada beirando o mar, os cafés, os bares e, por fim, o grande hotel turístico, com seus terraços de frente para as ondas — o melhor lugar, segundo diziam todos, para se tomar um café-da-manhã. Tudo sublinhava a sensação de magnificência.

Em frente, duas ilhotas desabitadas, embora cheias de vestígios e miudezas — bitucas de cigarro, batons e preservativos usados, aparentemente pelos personagens desta história, sem que se possa dizer que tivessem desempenhado nela algum papel.

Em compensação, o teatro antigo de Butrint,* recolhido

---

*Antiga cidade grega do Épiro cujas ruínas incluem um anfiteatro com 1500 lugares; a menção indica que a narrativa transcorre na pequena cidade de Sanum desvão da planície, embora fora do alcance dos olhos, foi alvo de suspeitas: da baixada onde se achava, de alguma forma deve ter influenciado os acontecimentos. Isso aconteceu anos mais tarde, durante o rumoroso julgamento, quando os jornalistas, os psiquiatras e os emissários do Tribunal Internacional de Haia se empenharam em desvendar a gênese do crime. Segundo os autos do processo, alguns dos personagens caminharam em meio àquelas ruínas, ou até sentaram em suas escadarias de pedra, embora isso não bastasse para se estabelecer algum envolvimento. Outra versão apontava que a influência não fora direta, mas oblíqua, atuando especificamente sobre a maneira como os acontecimentos se encadearam, adquirindo aquela tremenda densidade só encontrada nos palcos. Mas isso foi visto como uma fantasia de literatos.

Entretanto, para o espanto de todos, os juízes de Haia nunca menosprezaram as menções feitas ao teatro. Como um deles explicou mais tarde, esperavam que algum dos acusados o utilizaria como circunstância atenuante sempre que a idéia original do crime fosse mencionada. Haviam esperado que os réus justificassem ou ao menos aliviassem sua culpa fazendo o que jamais fora feito antes em um processo judicial — jogando a responsabilidade por todo aquele horror nas costas de um velho teatro.

Aqueles que acompanharam os acontecimentos desde o início recordam sempre que o esplendor do verão e do cenário se harmonizava com os personagens do drama. Na maioria, eram belos rapazes e moças, vindos de diferentes cidades, principalmente de Tirana. Logo se distinguiam dos outros veranistas pelas roupas da moda, pela maneira de se portar e de falar e até de empunhar a xicrinha de café. E pareceram ainda mais belos

---

randa (14 mil habitantes), no extremo sul do litoral albanês, a dez quilômetros da ilha grega de Corfu. (N. T.)

mais tarde, na lembrança de seus familiares ou conhecidos, como ocorre com todos que passaram pelo terror e pela morte.

Foi talvez esse jeito que logo provocou no outro grupo, dedicado a persegui-los, tamanho zelo em sua maldosa caçada. Nem a má sorte dos perseguidos nem as negaças em face dos disparos e dos cães aplacaram a inveja que os atingiu com toda a força durante a busca.

Entre os dois lados agitava-se uma multidão imparcial, ou não engajada: veranistas vindos de toda a Albânia, vagabundos, turistas da Escandinávia, aos quais se permitia pela primeira vez que passassem as férias na cidade, um bando de putas — que ora se inclinavam para um lado, ora para outro, testemunhas casuais que nada estavam entendendo ou tinham medo de entender.

Toda essa gente andara por ali semanas a fio, às vezes se esbarrando, às vezes nem se enxergando, como cegos. Mesmo aqueles que chegaram a se aproximar, a misturar seus corpos, beijos e sêmen, mais tarde nem se distinguiam e, como sombras, deslizavam até desaparecerem para sempre.

2. Lul Mazrek

A semana começara mal para Lul Mazrek. Logo na segunda-feira, quando ele esperava saber se fora ou não aceito na escola de teatro, a comunicação telefônica com Tirana fora cortada. Antes de ir ao Bar Liria (Liberdade), passou pelo correio. Todos se perguntavam quando o defeito seria consertado.
    O bar estava quase deserto. Como estava em jejum, o copo de Fernet o aturdiu. Ao sair, lembrou de passar pelo teatro. Os ensaios de A *gaivota*, de Tchekov, prosseguiam, mas sem entusiasmo. Esperava-se que Tirana enviasse a autorização para a estréia. Fora o que lhe dissera o maquiador uma semana antes. Naquelas tardes tediosas, ele passava pelo teatro e maquiava os artistas, só para não perder o hábito, explicava. Por gosto, dizia consigo Lul Mazrek. E então?, perguntou assim que se encontraram. Nada, respondeu o outro. Os telefonemas para Tirana estão cortados.
    A linha foi consertada na tarde de terça-feira. Seu primo ligou depois do jantar. Assim que ouviu sua voz, sentiu um aperto no peito. Por fim, ao ver que o outro se perdia em falatórios,

cortou-o: Não enrola, solta logo, passei ou não passei no concurso? O outro quase gritou na distante extremidade oposta: Se você prefere assim, lá vai: não passou.

Lul soltou palavrões por um bom tempo. O primo também. Usaram todos os que conheciam e outros que nem lembravam.

— Que foi? — indagou a mãe. — Saiu ou não saiu a tal escola?

Lul quis soltar um "Merda!", mas se conteve. Depois do alívio temporário dos palavrões, sentia-se arrasado. Olhou um pouco para a mãe, depois fez que não com a cabeça.

— Não se aborreça — disse a mãe. — Grande coisa, essa tal escola... Uma escola de nada!

— Esquece, mãe.

Foi até o quarto e se atirou na cama. Acendeu um cigarro e em seguida outro. Então, o sonho de ser ator profissional acabara. No dia seguinte passaria outra vez pelo teatro, para perguntar se não haveria uma ponta de quarta categoria para ele na próxima apresentação. E baixaria a cabeça, aceitando seu destino teatral de amador de província. Desses a quem de vez em quando se atira um osso. E que nas noitadas depois de uma estréia são convidados para um canto das mesas alegres, por caridade.

Ainda deitado, ficou um tempo a fitar os vidros da janela. Pareceu-lhe distinguir neles algo diferente. Como uma dormência tranquilizadora, da qual tanto precisava. Devagar, como se receasse se machucar, levantou e aproximou-se da janela. O céu estava carregado, mas como se de uma luminosidade interior. Quase soltou um "Ah!". Só um tolo não perceberia um prenúncio de neve naquele céu.

Sem se perguntar o motivo, vestiu o paletó para sair à rua. A brisa cortante concordava com o céu no prenúncio de neve. Tinha a sensação de respirar um ar levemente tingido de violeta.

Enquanto andava pelas ruas do centro, lembrou, por lembrar, de sua professora de química do primeiro grau. Ela dava as aulas com uma expressão pensativa, com uma espécie de franzir de feições que de repente se abria. Assim foi por todo o terceiro trimestre, até que uma das meninas da classe descobriu o segredo: a professora estava apaixonada.

Em frente aos anúncios do cinema, deu com Nik Balliu.

— Está com uma cara boa. Então, passou?...

— Uma merda — respondeu Lul.

— Ah, foi? Achei você com uma cara contente.

— Já falei... Este assunto morreu.

Dessa vez Lul conseguira evitar a palavra "merda".

— Não adianta chorar — disse o outro.

Lul, por educação, perguntou como iam as coisas.

— Vão andando — disse o outro. — Como diz o ditado, compre a cachorra e venda os cachorrinhos.

Pararam no Bar Liria para tomar um trago. Enquanto falavam, Lul foi acometido pela idéia de que possivelmente, em pouco tempo, vinte por cento da língua albanesa fosse ser tomada pelas palavras "cu", "merda" e "peido". Se continuasse assim, o pequeno orifício na parte de trás das pessoas corria o risco de se tornar o único descendente dos ilírios.*

— Parece que vai nevar — disse Lul, querendo mudar de assunto.

O outro olhou para fora.

— Ah é? Não tinha reparado. Nesta cidade de merda acho que nem neve cai. Dizem que a neve é cheia de frescura, escolhe o lugar onde cai.

Lul soltou um suspiro.

---

*Povo balcânico da Antiguidade greco-romana que habitava a margem oriental do mar Adriático. Possíveis antecessores dos albaneses. (N. T.)

— Escuta — prosseguiu Nik Balliu. — Você lembra de uma ruiva da escola de enfermeiras? A magrela, aquela por quem os meninos do bairro de baixo brigavam? Uma amiga dela me disse que ela gosta de você. Não fique me olhando como a esfinge de... Molière ou daquele outro que não lembro o nome. Escuta aqui. Ela parece mesmo meio magra e não se pode dizer que seja uma estrela, mas dizem que é uma delícia. Vamos nos encontrar num sábado desses, que tal? E não fique com essa cara de beato. Já vou; o batente me espera.

Nik Balliu pagou a conta no balcão e saiu. De fora, bateu com o dedo no vidro e deu-lhe uma piscadela malandra.

Nos dois dias seguintes, Lul Mazrek achou que estava se recuperando. Nem pensou no que o esperava no fim de semana. Antes de dar com a convocação para o serviço militar, viu as lágrimas nos olhos da mãe. Depois pegou o papel, leu, primeiro correndo e em seguida com vagar, como quem lê um texto de teatro, buscando o ritmo certo. Não se podia conceber um escrito mais antiquado. Um estilo envelhecido, quase monárquico ou, até mais, sultânico, com umas palavras que ninguém ousaria empregar na vida real. Eu, primeiro-capitão Hodo Garunja, ordeno... Em caso de não-comparecimento, o castigo... Vinham em seguida as palavras: deserção, condução forçada ao posto de recrutamento, corte marcial, prisão. Só faltava acrescentar: Eu, primeiro-capitão Hodo Garunja, mijo na sua mãe.

Se a velha não estivesse ali, Lul responderia ao capitão com o mesmo xingamento. Mesmo assim, xingou em silêncio. Largou o papel sobre a mesa, depois apanhou-o de novo. Olhou a data em que tinha de se apresentar: próxima quinta-feira.

Os olhos lacrimejantes da mãe aumentavam seu nervosismo.

— Era só o que faltava — disse ela por fim. — É como dizem: desgraça pouca é bobagem.

Agora ele ainda teria que aturar os provérbios. Sensível às coisas da língua como era, desde o ginásio ele se ocupara com a declamação de versos e monólogos, e concluíra que os ditados populares pertenciam àquela região do idioma que envelhece as pessoas.

Eis que o envelhecimento da mãe começara pelas palavras. Ele esperara que não, que fosse pelo corpo, pelo rosto, como ocorre à maioria das mães. Mas com ela fora diferente. Quanto mais o pai envelhecia, mais vivamente ela desabrochava. Até suas roupas andavam cada vez mais vistosas, coisa que dava nos nervos de Lul.

Afastou os olhos do espelho pendurado atrás do aparador, passou a mão pelos cabelos, sentindo uma pontada no coração. Eu, primeiro-capitão Hodo Garunja, vou rapar seu cabelo e... traçar sua mãe.

Lul Mazrek sentiu vontade de urrar.

O pátio do posto de recrutamento era uma espécie de hexágono irregular. Cercado de todos os lados por construções de dois pavimentos, ficava ainda mais sombrio. Os convocados estavam em grupos, em pé ou sentados em escadas. De vez em quando um oficial saía de uma das portas com uma lista nas mãos. Os que tinham seus nomes chamados entravam. Os outros continuavam a fumar cigarros ou a olhar a chuva miúda.

— Estão pegando até artistas, disse alguém atrás de Lul. Ele fez que não ouviu, e também não se virou. Mas o outro era insistente.

— Você esteve no nosso povoado no ano passado com uma equipe de cultura — disse, dirigindo-se a Lul.

— É? Pode ser.

— Eu também pensava que eles não pegassem artistas para servir — disse um outro.

— Eu não sou artista — respondeu Lul.

— Não é artista? — retrucou o primeiro. — Você chegou a recitar "Rebanho e lavoura", de Naïm Frashëri. Foi bacana. Depois, você participou de um esquete.

— Ah, isso era coisa de escola... — respondeu Lul.

Olhou para a porta, na esperança de que o suboficial que gritava os nomes saísse outra vez.

A tarde já ia avançada quando Lul escutou finalmente seu nome. Entrou junto com outros dez num grande aposento, onde roncava uma estufa a carvão. Ordenaram que tirassem toda a roupa. O escritório da comissão de recrutamento era ao lado. Uma onda de vergonha e sensualidade camuflada estava em toda parte. Alguns dos meninos cobriam os órgãos genitais com as mãos. Um chorava aos soluços. Outro empalidecera.

Lul ficou ali, entorpecido, depois deu por si em frente à mesa onde estavam sentados os oficiais da comissão. Não chegava a atinar qual deles fizera a ameaça de traçar sua mãe... se é que era ele mesmo...

Subiu na balança como um sonâmbulo, depois no aparelho para medir a altura. Ouviu as palavras "um e setenta e seis". Uma mão rude apalpou-lhe os testículos. Havia nela suavidade, mas também maldade, e ele quase berrou de dor. Apto!, gritou o oficial.

Voltou para casa quebrado. Jantou cedo e em seguida deitou-se. Adormeceu com dificuldade. Ali pela meia-noite, sentiu-se acordar. Uma sensação doce e inédita diluía-lhe os membros. Um desejo extenso como uma neblina aproximava-se, inexorável. Havia três pessoas, nuas, tal como no posto de recrutamento; às vezes eram recrutas, às vezes círios. De uma vez pareceu-lhe até ver a si mesmo, estendido no meio, iluminando seu próprio corpo.

Então acordou de repente, afobado.

Será que vai me acontecer alguma coisa?, indagou a si mesmo.

Ainda sentia a doçura no corpo, a volúpia da cera dos círios a escorrer por seus flancos. Assim tinham lhe parecido de fato os corpos da maioria dos conscritos — brandos e pálidos como círios, as costas sobressaindo. Fora a primeira vez que se achara no meio de tanta nudez.

Tranqüilizou-se pensando que talvez o sonho tivesse outra origem. Ainda assim, disse de novo: Tomara que não aconteça nada de mau.

Virou-se de lado para livrar o corpo de todo aquele peso. Poucas vezes tivera uma masturbação tão rápida.

Pouco depois, despojado de tudo, dormia como um morto.

A notícia, afinal uma boa notícia, chegou duas semanas depois. Ele faria seu serviço militar num posto de fronteira no litoral, no sul. Todos que escutavam abriam a boca, atônitos. Verdade? No sul? Em Saranda? Mas isso é mesmo uma sorte. Nem é serviço militar, são férias de luxo. Palavra que eu ficaria satisfeito em trocar aquele meu escritório chato por um ano ali.

Todos concordavam nisso, mesmo aqueles que procuram em tudo o lado ruim. Era um fato, não havia dúvida. Passados estes dois ou três meses de frio, começaria o verão. Diziam que a estação turística ali era uma maravilha. Além disso, seria bom para seu currículo: um sinal de confiança do Estado.

Lul já não pensava na escola de teatro. Depois de deixar o

Exército, poderia tentar outra vez. Naturalmente, diziam-lhe, depois de servir na fronteira tudo será mais fácil. Principalmente depois de servir ali... Em Saranda. Era perigoso... quer dizer, importante, Saranda... Talvez ele já tivesse escutado: metade das fugas se dava por ali...

Uma sensação de pasmo não se afastava dele. Era a segunda vez que ouvia falar daquilo.

Forçou a mente a pensar no teatro. Se servir na fronteira sul era considerado heróico, certamente isso iria ajudar a passar no concurso. Em coisas assim nunca se esquece o currículo.

Passou a semana inteira meio embriagado por aquele renascimento da esperança. No sábado era aniversário de Nik Balliu. Ele convidara uma turma de amigos, rapazes e moças. Inclusive "a ruiva". Nik tocou violão, depois cantaram juntos velhas cantigas de Kortcha. Quando dançavam, "a ruiva" se encostava nele e apoiava a cabeça em seu ombro. Ela era um pouco melhor do que ele imaginara. Chamava-se Magda e confessou que pensava nele desde que o vira uma vez nas olimpíadas teatrais das escolas secundárias. Por quê?, perguntou Lul, afetando superioridade. Ela disse que gostara da voz dele quando representava, e também da cor dos olhos. Tinha um fraco por meninos de olhos cinzentos.

Depois do fim da festa, ele a acompanhou até sua casa. Depois de abrir o portão, a menina puxou-o pela mão para uma espécie de barracão nos fundos do quintal. Ali se beijaram um bom tempo na obscuridade. Ela não opunha resistência, até tirou a calcinha assim que ele acariciou seu púbis.

Quando acabaram, ele acendeu um cigarro.

— Por que não diz nada? — quis saber ela. — Ficou desapontado comigo?

— Não... nem um pouco.

— Ficou, eu senti. — A menina soltou um suspiro. — Não

sei me portar com os meninos. Se você se fecha, eles não gostam. Se você se abre, também não gostam.
— Eu não sou desses — disse ele. — Entende? Não sou desses palermas que quanto mais são rejeitados por uma mulher mais a valorizam. Pelo contrário.
Ele acariciou os cabelos dela e sussurrou-lhe palavras doces.
— Mesmo que você não goste de mim, não importa. Basta que seja carinhoso comigo.
Ele sentiu uma pontada de arrependimento no coração.
— Você é boa — disse. — E não vá pensar aquilo que andou pensando. Odeio meninas que passam por quarenta torneiras e não te dão um copo d'água. Entende?
Repentinamente Lul sentiu um desejo de que ela acreditasse. As frases preguiçosas deram lugar a uma vivacidade inusual. Contou sobre dois ou três tipos de menina que conhecera, que ao serem abraçadas inclinavam a testa, como cabras teimosas, e cujos cabelos e nucas cheiravam a sabão em pó, para não falar das calcinhas, grossas e ásperas, que pareciam pano de saco, perfeitas calcinhas de guerra, como dizia Nik Balliu.
Ela ouvia e a custo continha o riso.
— Que amor, como você fala bem! — disse. — Não é à toa que é artista.
— Hum — fez ele. — Vou pedir uma coisa: não use mais essa palavra comigo. E, por falar em calcinha, a sua é coisa fina, de seda, se não me engano?
— Comprei pensando em você. Se soubesse como procurei...
Ele voltou a acariciar-lhe o púbis.
— E aqui... é doce, doce como um *lokum.**
— É?

---

*Doce oriental (do árabe *rahat lokum*, repouso da garganta) feito de uma pasta aromatizada e translúcida, coberta por um fino pó de açúcar. (N. T.)

O tesão retornara e fazia-o usar palavras toscas e impudicas. Insistiu que ela também falasse assim. Junto com a calcinha, a menina se despiu dos últimos recatos e respondeu, ofegante, na mesma linguagem.

Ao voltar para casa, ele se sentia exaurido. O amor era mesmo uma bosta. Não era como uma moto, que você aprende a dirigir e depois é só curtir; fez besteira, conserta. Aqui, ninguém sabe como agir. Não existe máquina mais manhosa, cheia de peças que trabalham ao revés. Então, a coitada da ruiva se derretia por ele. E tinha realmente uma xoxota de *lokum*. Mas... e daí? Já em Tirana, durante a semana em que acontecera o concurso, ele se apaixonara no mínimo três vezes. Por três moradoras desconhecidas da capital, que nem tinham lhe lançado um olhar. Ali se perguntara pela primeira vez se gostava do teatro por si mesmo, como se gosta de arte, ou se era por causa das meninas. Às vezes achava que sim, às vezes achava que não. Ao que parecia, as duas coisas se misturavam. Não por acaso elas traziam no corpo os signos do palco — unhas pintadas, batom nos lábios. Se as deixassem, com certeza desenhariam máscaras... Só um grande burro não perceberia que o desejo da fama se liga com as mulheres. Pelo menos em parte. A parte principal.

Dois dias depois, estava com Nik Balliu no Bar Zorra. Depois do terceiro conhaque, a conversa voltou às meninas da capital. Vejo que você teve uma queda por elas, disse Nik. Nem queda nem meia queda, respondeu ele. Não sou como esses pretensiosos que voltam de Tirana contando vantagem — eu isso, eu aquilo. Vou lhe dizer numa palavra: eu estava ali feito um cachorro sem dono. E até achava isso justo: sou do interior, é o que mereço. Se me aceitassem na faculdade, e principalmente se eu virasse ator, aí passaria a ser como os outros. Me enturmaria com eles, provaria de tudo. Mas, digo logo, não ficaria metido, como esses que tratam de se vingar nos de baixo. Pelo contrário, saberia dar valor à sorte deles. E não tenho vergonha de dizer: sou maluco pelas meninas de Tirana.

— Entendo — disse Nik Balliu. — Faz tempo que você anda assim.

— E você? Não anda?

— Hum. Eu também, mas não sou assim, maluco por elas. Escute, há outras mulheres além daquelas de Tirana. Fantásticas, como se diz: Paris, Monte Carlo, eh!

Lul riu.

— Estamos falando deste mundo daqui. Não venha me falar do Paraíso ou da Beatriz de Dante. Para falar a verdade, nem fico pensando nelas.

— Mas Paris e Monte Carlo não ficam no céu, seu tapado. Ficam neste mundo. Quer saber, vamos mudar de assunto. Tomamos um último?

Enquanto esvaziavam os copos, os olhos de Nik Balliu ficaram pensativos. Havia neles um tipo de vapor, de transpiração.

— Para onde você vai é bonito. A Grécia fica em frente. As luzes de Corfu parecem pertencer ao bairro vizinho.

— Sei disso.

Lul não gostava quando as pessoas não o olhavam nos olhos. Mas aquele olhar cravado nele também o incomodava.

— Fugiram umas pessoas em Saranda por estes dias.

— Sei disso — repetiu Lul. — Ouvi falar.

Os olhos do outro faiscavam perigosamente.

— Vão ficar com inveja de você — disse o outro pouco depois, com voz pastosa. — E vão ser exatamente aquelas meninas e meninos de Tirana. Aqueles que trataram você como um pobre-diabo do interior.

Lul sorriu sem alegria.
— Por quê? — perguntou após uma pausa.
— Como por quê? Vão morrer de inveja. Fico pensando naqueles que gostariam de passar para o outro lado.
— Ah, essa é de morrer de rir. Você acha que vão ficar com inveja porque eu poderei ver as luzes de Corfu?
— Não, não por isso, claro que não — disse Nik. A língua começou a travar de novo, pior ainda que antes. — Você, lá, vai estar como... como numa festa. Uma festança onde se pode comer o que quiser. Enquanto os outros vão ficar olhando de longe, com água na boca.
Lul franziu as sobrancelhas como quem não compreende.
— Boiei.
Agora era ele que olhava fixo.
— Quero dizer... Você está ali... Na beira do mar... Aonde os outros nunca chegam... Quer dizer, podem chegar, mas arriscando a pele... Os cachorros da guarda de fronteiras... o arame farpado... Enquanto você, se quiser... se lhe der na cabeça... três ou quatro passos e, pimba, já está do outro lado. Não me olhe feito um idiota... Eu não disse que você pode fazer isso. Disse só o que podem pensar aqueles metidos a besta de Tirana. Aqueles que olhavam você como um pé-rapado do interior.
Lul escutava contrariado.
— Não me importa o que pensam os metidos a besta de Tirana — disse pouco depois. Entornou o que sobrara no copo e olhou as horas. — Está tarde, Nik. Vamos?
— Vamos — respondeu o outro.

Acordou à meia-noite com um gosto ruim na boca. Levantou, bebeu água da torneira da cozinha e desmontou de novo. Que porcaria de conhaque, resmungou.

Sabia que o que mexia com ele não era tanto o conhaque. Não tinha por que se enganar, o outro falara quase abertamente: Lul Mazrek é que é feliz, pois vai poder dar no pé!
Lá fora, na escuridão da noite, ouvia-se a canção arrastada de um bêbado. Mal se distinguiam as palavras:

Bem-querê, meu bem-querê
Vou parar na prisão por você.

Lul soltou um palavrão. Teve vontade de abrir a janela e explodir: Ou canta direito, ou cala a boca!
Ao se afastar, a voz do bêbado foi ficando mais melancólica.

Pai e mãe pra visitar não tenho, não
Os ciganos vão levar o meu caixão...

De onde tiravam uma canção dessas? Abriu a janela, agora para ouvir o restante, mas o desconhecido, como que de propósito, se calara.
Parecia ir já bem longe quando recomeçou. Mas então era uma música conhecida, daquelas que tinham cantado no aniversário de Nik Balliu:

A neve branqueia o monte mais além
E nas ruas não há ninguém.

Diabos, disse Lul consigo, ao lembrar outra vez do gosto amargo que as palavras do amigo tinham deixado. Pensou que, por enquanto, nos poucos dias que restavam, ia evitar os bares. E principalmente evitar Nik Balliu.

3. Violtsa Morina

A duzentos quilômetros dali, a segunda personagem desta história, Violtsa Morina, moradora da capital, vinte e três anos, estagiária do Banco Nacional, caminhava de cabeça baixa, como quem quer se defender do vento ou de olhares curiosos. Na rua Frontuz não ventava; e quase não havia transeuntes naquela tarde de março. Mesmo assim ela manteve a cabeça encolhida até sentir que se afastara o bastante do prédio de quatro andares de onde saíra minutos atrás.

Era a mesmíssima sensação de um ano atrás, quando pela primeira vez ela subira as escadas do prédio, com o coração aos pulos, repetindo consigo: "Terceiro andar, apartamento quatro".

O mesmo sobressalto de quando entrara, um ano antes, o mesmo sentimento pecaminoso ao se afastar. Enquanto caminhava pela calçada, achava sempre que o taque-taque de seus saltos soava mais alto que o normal. Só se tranqüilizou ao chegar à esquina onde a rua Frontuz cruzava com o Grande Bulevar. O barulho dos saltos foi o primeiro a normalizar-se, depois a respiração, e por fim o andar se tornou mais seguro.

O ritual vespertino se repetiu. Depois do apaziguamento, Violtsa sentiu, como sempre, vontade de se ver no espelho e, no momento seguinte, um outro desejo, ainda mais forte, de um banho.

A casinha ajardinada tinha as janelas do térreo fechadas. Ela lembrou que os pais haviam ido a uma festa de noivado. Enquanto procurava pela chave, pensou, com alegria, que poderia prolongar o banho o quanto quisesse. A chave estava manchada de batom e ela sorriu antes de limpá-la.

A casa estava fria. Acendeu a estufa e colocou sobre ela duas chaleiras. O banheiro lhe pareceu ainda mais frio, com as roupas secando penduradas numa corda. O velho aquecedor de água fazia muito tempo não funcionava, enquanto a banheira com duas torneiras enferrujadas era usada como tanque de lavar roupa. Na ruela onde moravam havia muitas casas da época da monarquia,[*] e em nenhuma delas fora possível reformar os velhos banheiros.

Lá fora o dia também acabava, sem pressa. Ela pegou roupas limpas, depois sentou-se no banquinho diante da estufa, que começara a ronronar.

A água fervendo das chaleiras, misturada à da torneira, encheu apenas uma parte da banheira. Apesar disso, em dias assim Violtsa preferia um banho de imersão, e não a ducha aquecida a querosene que seu irmão a custo improvisara.

Despiu-se devagar, como se vacilasse ao tirar cada peça de roupa. Entrou na banheira ainda pensativa. Como previra, a água cobriu-lhe a maior parte do corpo. Ficaram de fora os seios e o pedaço do ventre que encimava o sexo. Jogou água quente sobre eles e fechou os olhos. O dia fora longo e cansativo. Parecia querer se livrar dele ao se esfregar com a esponja.

[*] De 1925 a 1939. (N. T.)

Pensou com desencanto que certas coisas neste mundo não têm conserto. Tocou a maciez fendida do sexo, como se quisesse transmitir-lhe pelo toque a idéia de que ele não tinha culpa e, naturalmente, nem ela. No entanto, as complicações de sua vida tinham começado precisamente naquele espaço apertado. Ali, entre a fenda macia e o outro orifício, que parecia desimportante, fechado em meio à brancura das nádegas, especificamente ali, numa noite de ventania, ocorrera o mal-entendido, o surdo confronto que deixara sua vida como que presa num anzol, do qual não conseguia mais escapar.

Ainda tinha a sensação de corar até a raiz dos cabelos sempre que lembrava o momento em que o sujeito diante dela, um homem de cara lisa, com óculos de finas hastes metálicas, que no início lhe parecera ridículo e mais tarde fora mostrando seu poderio, dissera: Camarada Violtsa, se insistimos em que se torne nossa colaboradora, temos razões para tanto, pois a conhecemos bem.

A frase soava tão clara como dúbia. Tinham lá suas razões tanto pelo bem — confiança, devido ao seu currículo — como pelo mal: conheciam algo obscuro.

Fora a primeira vez que Violtsa perdera a segurança. Até então, dissera "não" com naturalidade e até com alegria. Agradecia a confiança, mas não podia. Não estava à altura daquele trabalho. Não era o seu perfil.

Depois de um curto silêncio, perguntou, com uma voz que ela própria achou débil: Por que insistem precisamente comigo? De onde vem a confiança, quer dizer, o que sabem sobre mim?

Os olhos do outro eram tão frios quanto sua fala. Com aquelas palavras gélidas, como que tomadas do extremo norte do idioma, ele explicou.

Violtsa cobriu o rosto com as mãos. Esperava qualquer coisa, menos aquilo. Quis gritar "Safado!" para o sujeito diante dela, naturalmente, e mais ainda para o outro, Samir Braia, seu namorado de outrora, que havia tempos saíra de sua vida. Toda vez que algo a fazia pensar nele, tentava afugentar. Quando soubera que ele fora preso, por uma história de jogo, não sentira pena. E ele era o único que poderia revelar aquele segredo. Contara, por certo, em um momento de baixeza, para agradar, num interrogatório, ou, pior ainda, dando risada, numa roda de presidiários.

O safado, disse ela, dessa vez em voz alta. Pensara que nunca voltaria a provar a dor desumana que sentira então nas partes íntimas. E no entanto sua repetição era ainda mais difícil de aturar.

O homem diante dela não afastava os olhos. Uma parte da raiva de Violtsa continuava a dirigir-se espontaneamente contra ele. Depois de corar, ela agora sentia as faces frias e brancas. Gente ruim, disse consigo. Vermes, nada mais.

Sem esconder o desprezo, ergueu os olhos.

— E então? — disse, num tom baixo. — Segundo entendo, eu... já que fiz aquilo que chamou de... vergonhoso... antinatural... como sabe que eu não seria capaz de outras sujeiras?

Aparentemente, ele se preparara para aquela pergunta, do contrário não teria respondido tão depressa e sem titubear. Ela entendera mal. Ele jamais supusera que aquilo indicasse alguma inclinação nociva numa pessoa qualquer. Independentemente dos preconceitos, era um vício bem humano, já que milhões o praticavam. Se ele o recordara, não fora para dizer que Violtsa Morina era capaz de praticar sujeiras, mas para afirmar que, quando ela queria, era capaz de fazer coisas ousadas. Isso foi o que quis dizer e estava pronto a se desculpar se se expressara de forma descuidada.

Fizera-se outra vez tão gentil e sensato como antes. Repetira que não queria dela nada de mais. Nem calúnias nem baixezas. Longe disso, só a verdade. Pelo bem do Estado e pelo bem de todos.

Ele não ocultava que, antes de se fixar em seu nome, tratara, como se deve, de acumular o máximo de informações sobre ela. E o resultado preenchia exatamente o perfil das qualidades que se requeria do colaborador em questão: moça culta, sincera, honrada e avessa a subterfúgios. Já não se pode avançar com esses velhos funcionários que buscam pequenas vinganças pessoais às custas do Estado. Ela tinha razão ao mencionar calúnias. Havia mesmo calúnias e acusações ignóbeis em nossa vida. E o Estado fazia o possível para eliminá-las. Talvez isso lhe pareça idílico demais? Pois eu a convido a raciocinarmos juntos. Existe no mundo algum Estado que deseje ser enganado? Penso que concorda comigo que um Estado pode ter mil defeitos, mas nunca o de querer ser logrado. O Estado albanês não é exceção. Ele quer saber a verdade. E a verdade não será conhecida por meio de gente senil ou intrigante, mas sim de pessoas como você. Ele queria contar-lhe algo, mas pedira que ficasse entre eles dois. Tempos atrás tinham feito uma denúncia contra o violinista Ylli Beltoia. A denúncia fora movida pela inveja, mas o impediu de participar de um concerto balcânico. Então fizemos com que ele conhecesse uma de nossas meninas. Falando assim parece algo ruim: pôr uma menina para espionar um violinista! Não há o que dizer, parece mesmo um negócio dos diabos. Mas o que aconteceu depois? A moça apresentou um relatório que contrastava inteiramente com as calúnias. E na realidade ela o salvou. Como você certamente soube, duas semanas atrás Ylli Beltoia deu um concerto em Sófia e até conquistou um prêmio. Então, o que acha?

O homem interrompeu seu discurso e respirou fundo.

Violtsa, como se também ela estivesse cansada, suspirou do mesmo modo.

Ele a olhou com ternura.

— Além daquilo que falei antes, você é bonita e... extraordinariamente atraente.

Violtsa sentiu-se outra vez nua diante dele. Aquele verme do Samir Braia deve ter contado tudo, pensou.

Estava realmente exausta. Sentia que eles não desistiriam fácil. Desde então não pensava em outra coisa exceto escapar daquela tortura. Sem mais demora, disse que ia pensar.

Uma semana depois, assinou o contrato de colaboração.

Seus dedos continuavam a acariciar o púbis. Quase dez anos antes, quando uma colega de classe lhe repetira uma frase obscura, ouvida num casamento, de que "a mulher reúne em seu corpo todo o mundo", investigara pela primeira vez no espelho, longamente, a fenda escavada entre suas coxas. Mais tarde, a cada vez que o fazia, para acompanhar o insistente adensamento dos pêlos, nunca atentara para a cavidade circular um pouco abaixo, mais ainda porque ela lembrava um botão café-com-leite, cercado de rugas e pregas.

Foi preciso que ocorresse aquela coisa horrível para que tudo se subvertesse na imaginação de Violtsa. Parecia que o orifício cego por fim se vingava de seu desprezo.

Estivera sempre tão perto da festa do desejo e nunca ninguém se lembrara dele. Guardião surdo aos pés da princesa, serviçal só para as corvéias, mudo testemunho do prazer dos outros, com paciência silenciosa e obstinada esperara a sua hora. E ela chegara naquela noite ventosa de agosto, quando o pênis de Samir Braia, em vez de escorregar como de costume para a doce fenda, num repente mudara de rumo e penetrara a cavidade oposta, cego e feroz, penetrando onde não devia.

Dias depois, temendo estar machucada, Violtsa pediu que uma amiga íntima, estudante de medicina, a examinasse. Nem lhe passara pela cabeça que as seqüelas apareceriam seis anos mais tarde.

Toda vez que marcavam um encontro com ela, ao se aproximar do prédio de quatro andares, ela repetia consigo: Mas vocês prometeram que não me exigiriam baixezas. Até então, nada verbalizara, pois de fato nada assim lhe fora solicitado. Perguntavam suas impressões gerais sobre alguma plenária ou congresso. O que pensavam as pessoas? Traziam mesmo na alma o ardor que demonstravam nas reuniões? O que não lhe agradara? Por quê?

Era o mesmo homem, com o olhar fixo por trás dos óculos finos de funcionário das finanças. Parecia escolhido a dedo para inspirar desconfiança e, apesar disso, era o oposto que ia acontecendo. Precisamente ele, que Violtsa tempos atrás qualificara de "víbora", ia pouco a pouco conquistando a confiança dela. E, por ter sido difícil, a vitória do outro parecia irreversível. Ele nunca lhe pedira nomes, mesmo quando se tratava de questões tão delicadas como se a Albânia devia ou não aceitar empréstimos do mundo capitalista. Com paciência lhe explicara que o Estado queria saber aquilo, que ninguém ousava dizer às claras, não apenas para condenar as pessoas, como se pensava vulgarmente, mas em primeiro lugar para corrigir a si mesmo. Todo Estado no mundo é teimoso e na aparência não admite erros. Mas na intimidade, todo Estado sério faz o oposto.

Ela devia compreender que segredos dessa ordem não eram confiados a qualquer um. De agora em diante ela fazia parte da nata dos colaboradores. Essa elite nada tinha em comum com aquelas centenas de delatores ordinários que o Estado utilizava em proveito próprio mesmo sabendo quem eram. Como ela já devia ter entendido, não receberia nenhuma remuneração direta. Consideravam-na uma idealista, que servia à pátria sem nada pedir em troca. O que a pátria poderia fazer por ela, isso era outro departamento.

Violtsa apreciara essa atitude. Aos poucos sua consciência se libertara da primitiva sensação de culpa. Apenas de vez em quando aflorava a pergunta: Vai mesmo continuar assim?

Naquela tarde, quando vira a fisionomia petrificada do homem que a interrogava, ela sentira um aperto no coração. Estavam na mesma sala de estar, os copos d'água sobre a mesa, a garrafa térmica com café e o ramo de flores num vaso de vidro. No entanto, sentia-se que nada era como fora antes. Lá se foi o idílio, disse a si mesma. Ao que parecia, a máscara ia cair.

O outro não fez nenhum esforço para abrandar sua expressão. Ergueu a xícara de café, acendeu um cigarro, o que era coisa rara, e começou a falar. O Estado albanês, o ministro, o Birô Político, o próprio dirigente principal se preocupavam com um indicativo grave: as fugas se amiudavam.

Sua voz era monótona, as palavras precisas, como se falasse numa reunião ou coletiva de imprensa. Não se tratava de bandidos fugindo da lei nem de montanheses que tinham brigado com o presidente da cooperativa e que, não tendo mais armas para alvejá-lo, expressavam sua cólera atravessando a fronteira. Não. Era com freqüência rapazes e moças com cultura, às vezes universitários, que de repente resolviam ir embora. Tentavam passar pelas gargantas das montanhas, pelos dois grandes lagos e, sobretudo ultimamente, pelo litoral. Partiam em barcos, em câmaras de ar de caminhão, em balsas improvisadas, a nado. Na maioria das vezes não conseguiam; acabavam mortos pelos guardas, presos pelo arame farpado, devorados pelos cães, afogados. E ainda assim não desistiam. Raras vezes o Estado enfrentara um problema assim. O ambiente tão alegre do socialismo era afetado por esse fluxo. O Estado decidira fazer o que fosse preciso...

Violtsa ouvia com atenção. A pergunta — onde é que ela entrava na história — não fora formulada, mas aparentemente transparecia em seus olhos. Como de hábito, ele se adiantou. O Estado tinha mil pessoas tratando noite e dia da defesa das fronteiras. Tinha um exército de instrumentos de vigilância, lanchas, espiões, técnicos. Mas não bastava. O Estado precisava, como em raras outras ocasiões, recorrer à parte mais seleta e fina de sua armada secreta.

Violtsa começava a entender. A rede de grosseiros delatores não conseguia descobrir as possíveis fugas. Seria preciso criar um último obstáculo, insuspeito, precisamente nos pontos de passagem.

A moça não ocultou seu desencanto. Esperara algo ligado aos círculos acadêmicos ou diplomáticos, e eis que queriam fazer dela uma guardiã do litoral.

Ele lhe disse que escutasse até o fim e depois respondesse. O plano se referia ao verão, à próxima estação turística.

Ele sorrira pela primeira vez. Ela não devia se imaginar patrulhando as areias para descobrir fugitivos. Ficaria hospedada como uma dama, num dos mais belos hotéis do país. Teria um quarto com o devido conforto, banheiro luxuoso e tudo mais. Faria o que quisesse, quando quisesse e se quisesse. Seria livre como um pássaro. A maneira como descobriria as fugas seria problema dela. Nas vésperas da partida os fugitivos costumavam ficar sentimentais. E o tesão crescia.

O olhar da moça foi se ensombrecendo. A frase que nunca chegara a proferir — Mas vocês prometeram que não me exigiriam baixezas — escapou-lhe por fim.

O outro olhou-a pensativo, quase melancólico. Fechou os olhos por um tempo, depois suspirou. Ouça, Violtsa, disse, num tom diferente, é um direito seu acreditar ou não, mas eu lhe falo como falaria a minha irmã mais nova. Ouça e não me interrompa. A primeira coisa que você deve saber é que nós mantemos a palavra. Nunca exigiremos de você tarefas sujas. A segunda, e a principal, é que você deve estar convencida de que aquilo que queremos, quer dizer, impedir a fuga desses meninos, longe de ser uma baixeza, é uma das coisas mais nobres que se pode fazer neste mundo.

Com uma voz lenta e fatigada, ele explicara seu ponto de vista. Impedir uma fuga era, na verdade, salvar uma vida humana. Como ele já dissera, a maioria dos que tentavam fugir terminava como cadáveres no fundo das águas. Mesmo os poucos que conseguiam alcançar o outro lado viviam roídos de arrependimento. Pense no que significa deixar para trás os velhos pais, que passarão a vida no degredo. Depois dos remorsos, vinham a degradação espiritual, a depressão, o internamento psiquiátrico, o suicídio. Alguns estão hoje mesmo batendo às portas de nossas embaixadas: Deixem-nos voltar, dizem, estamos pontos para cumprir a pena, desde que seja na Albânia.

Violtsa escutava de cabeça baixa. O outro não mentia. Ela já ouvira aqui e ali fragmentos de histórias assim.

Ele explicava que a pena por fuga era de cerca de sete anos. Um bom comportamento na prisão, o arrependimento e os indultos em ocasiões festivas em geral reduziam-na pela metade. Assim, com três ou quatro anos de cadeia, ganhavam uma vida inteira. Eram uns garotos; se soubessem quem lhes prestara aquele favor, agradeceriam por toda a vida. Enquanto as mães deles a abençoariam como a uma santa.

Ele tomara o silêncio dela como uma aquiescência. Voltara a mencionar de passagem o luxo do hotel, assim como as despesas, que naturalmente correriam por conta deles, inclusive as consumações no terraço, os táxis, as contas dos bares, todas as despesas feitas na cidade.

Antes de acrescentar outro detalhe, que deixara para o fim,

como se faz com uma boa notícia, ele sorrira como se num momento de fraqueza. A polícia secreta também estava se liberalizando aos poucos, ainda que todos a enxergassem como algo engessado e impiedoso. Antes, as colaboradoras secretas, por princípio, eram instruídas a seduzir sem jamais se entregar. Agora esse tempo das "freiras vermelhas" pertencia ao passado. Afinal, as colaboradoras também eram mulheres de carne e osso, não havia por que exigir delas uma tortura assim.

Violtsa sentiu-se enrubescer de novo. Ao que parecia, aquele crápula do Samir Braia não deixara nada por dizer. Na certa tinha descrito seu corpo, como gostava de fazer, acrescentando depois seu comentário: Que fêmea, meu Deus, nascida para o amor.

Violtsa saiu da banheira antes que a água esfriasse. Enquanto secava os cabelos diante do velho espelho com aquela insuportável rachadura no meio, seus pensamentos voaram para o quarto de hotel à beira-mar.

Na cozinha fazia calor. Apoiada no divã, trouxe de novo à mente fragmentos daquele dia extenuante. Como eram irregulares, assim como cacos de um vidro quebrado fora do lugar, eles não se encaixavam.

Já caíra a noite quando os pais retornaram. Vinham cheios de notícias do noivado, principalmente queixas e uma desconfiança de que a noiva engravidara antes da hora.

Jantaram sem esperar pelo irmão. Ela viu o noticiário na tevê, depois disse que estava cansada e foi deitar.

Na cama, os cacos do dia retornaram em confusão. Como se não bastasse aquela barafunda, imagens do próximo verão se superpunham a eles: terraços onde se tomava o café-da-manhã, suas unhas pintadas com esmalte violeta, nos dedos que seguravam a xícara, rostos de meninos com olhares fixos, implorando amor. Nas noitadas ansiosas, cheias de dúvidas, eles buscavam um último aconchego, como se ela pudesse ajudá-los a romper as frias águas da morte, mais do que a câmara de ar ou o óleo com que untavam o corpo.

Você ainda há de me agradecer por essas algemas...

Algumas vezes, durante a noite, ofegando de desejo, teve a impressão de que abria as pernas para enlaçar com mais força aqueles corpos nervosos. O perigo os tornava mais fogosos e ela precisava cercá-los de afagos para que não escapassem. Ali, bêbados de tesão, talvez deixassem escapar o segredo que guardavam com tanto zelo por meses e meses.

Um dia você me agradecerá por essas algemas. E sua mãe me acenderá uma vela...

Ao raiar do dia, teve um sonho erótico. Acordou e percebeu que havia gozado. Fazia duas semanas que não dormia com seu namorado. Ele já não a atraía. O verão se aproximava, o mais belo verão dos seus vinte e três anos; aparentemente, seria também a época da separação. Sua mente repassou tudo que imaginara antes, reflexos da lua sobre o mar, a música dos bares à noite, os cafés sorvidos em terraços, os turistas estrangeiros, o círio diante da imagem da Virgem Maria, mas incertos e numa ordem alterada. Apenas uma vez uma imagem estranha e furtiva a fez tremer. Você que conhece o caminho, leve-me junto. E o vento tomava seus cabelos enquanto seguia com o outro pelo mar.

Violtsa se virou na cama. Mulheres bonitas são tão infiéis aos homens como leais ao Estado.

Ela se espantou apesar da dormência. Que frase esquisita seria aquela? Onde a ouvira? E de quem? O homem e o Estado. O homem, o Estado e a mulher. Ela diria que era uma formulação de Samir Braia, se não o soubesse capaz de falar de tudo, menos do Estado.

4. O dia do ministro

Ao contrário de seu antecessor, que fingia estar ouvindo tudo mesmo quando tinha a mente longe, o novo ministro, quanto mais distraído parecia, mais atento estava a tudo. Quando ele entrecerrava os olhos e dava a impressão de se afastar, era justamente a hora em que podiam esperar o ataque.

— Escute, Belul Glina: é a terceira vez que você vem me falar da Muralha da China. Estou avisando: da próxima vez que eu o ouvir falar dela, ponho-o porta afora, entendeu? Não estamos aqui para filosofias. E já que você se fixou na Muralha da China, digo logo que aquela velharia levou mil anos para ser construída e pode ser qualquer coisa, menos um muro.

Os outros debruçaram-se sobre suas anotações, quem sabe para apagar delas a referência ao Muro de Berlim, ou então alguma expressão que pudesse ser classificada como intelectualista.

O ministro novo era durão, e eles ainda não conheciam bem suas manhas. Já o outro, seu antecessor, fora parar na cadeia, e só Deus sabe o que estaria falando. Era evidente que entre as acusações contra ele estava a de haver se descuidado das evasões, se é que não diriam que a desatenção dele as multiplicara.

O chefe da segurança de Kortcha tinha a palavra. A contenção das fugas, problema número um, devia ser vista em sua complexidade. Não bastava a simples fiscalização dos trens, ônibus e táxis que transitavam pelas áreas de risco. Nem as duvidosas denúncias dos informantes, nem mesmo a modernização das cercas farpadas, das lanchas patrulhando o lago, dos radares ou da utilização de mais cães. Era preciso chegar às causas profundas do aumento das evasões. A luta de classes, naturalmente, mas também o trabalho ideológico débil, a superficialidade no estudo das obras do dirigente etc. E ainda as brigas e desentendimentos que surgiam entre as pessoas. Era ali, e não na linha de fronteira, que as fugas tinham início.

O ministro tamborilava os dedos sobre a mesa. Por fim interrompeu o outro, dizendo que não repetisse coisas já sabidas.

— Já discutimos isso em outras reuniões. Como sabem, eu os convoquei em caráter extraordinário para que fizessem observações novas e apresentassem idéias diferentes. Temos meses difíceis pela frente. Todos aguardam o verão com alegria — férias, sol, praia. Mas para nós é... como dizer... pior que o inverno. O Birô Político e o próprio dirigente esperam deliberações nossas para o verão deste ano. Deliberar que teremos um índice zero de evasões seria uma bravata. Mas mesmo a repetição das estatísticas do ano passado... Significaria que nem eu nem vocês voltaríamos a nos reunir neste gabinete.

Enquanto ele percorria a face de cada um, reparou que os responsáveis por Kortcha e Pogradets, duas regiões com lagos na fronteira, sentavam-se lado a lado. Já os do litoral estavam espalhados. Dos vinte e seis chefes de segurança, os nove que lidavam com as águas eram os mais sorumbáticos.

— Estou esperando — disse o ministro. — Seus olhos se detiveram no chefe de segurança de Tropoia, que não ocultou o sobressalto. — Sim, é com você mesmo que estou falando. Por que o espanto, hein? Acha que por estar a duzentos quilômetros do mar não tem nada a ver com isso? Que pode festejar com seus botões e se divertir observando como nos torturamos? Hein? Por estar cercado de montanhas pensa que seus problemas só começarão no inverno? Hein?!

— Camarada ministro... — O outro iniciou uma contestação em voz débil.

— Cale-se e ouça até o fim. Isto é para você e todos os outros das montanhas. Quem vai responder pelos evadidos dessas regiões serão, em primeiro lugar, vocês e só depois o pessoal de Shengjin ou Saranda. Entendido?

O chefe de Ersek, convencido de que estava na alça de mira, pois sua região ficava ainda mais longe do mar, rabiscou um bilhete para seu vizinho de Librajd: "Se a Muralha da China não é muralha, o que é então? Um biombo?".

Falava agora o chefe de Fier. Na avaliação do trabalho, feita uma semana atrás, surgira a pergunta: devemos ou não admitir que as evasões existem? A questão estava relacionada com as organizações do partido. Em outras palavras: devemos levantar o problema e, portanto, fazer dele uma questão do partido, ou manter o problema restrito ao Ministério do Interior?

— Aí está uma pergunta interessante — disse o ministro.

— E qual foi a resposta?

— As opiniões se dividiram.

O chefe de Fier concluiu sua fala com a opinião de que as fugas não deviam ser tratadas como um tabu. Segundo ele, não haveria nada de mais a tevê exibir depoimentos de pessoas arrependidas, que tinham fugido e retornado.

O chefe de Tepelena discordou. Isso significaria cutucar o diabo, espicaçar as pessoas. Além do mais, qualquer generosidade nestas circunstâncias poderia ser tomada como um sinal de abrandamento. Encarar as fugas como um deslize perdoável seria um perigo para o Estado.

— Sempre fui e sou a favor de que o Estado mostre os dentes. Senão, se começarmos a amolecer, vão fazer conosco o que fizeram com os tchecos.

— Não propus nenhum amolecimento — interveio o chefe de Fier. — Disse apenas que podemos falar mais abertamente sobre certas coisas.

— E isso de falar abertamente aonde leva? Ao amolecimento — cortou o de Tepelena.

O chefe de Fier inflamou-se, o rosto avermelhado.

— Não é isso — disse. — Além do mais, depende do que se fala às claras. E arrastar o cadáver de um evadido pelas ruas de um povoado não me parece uma ação muito discreta.

O outro murmurou algo que ninguém ouviu.

— O quê? — quis saber o ministro.

— Nada — foi a resposta. — Queria reafirmar minha opinião. Posso estar errado, então me corrijam, mas continuo a pensar que o Estado deve mostrar os dentes.

— Sim, mas não dentes de cachorro — retrucou o chefe de Fier.

— Calma, calma — interveio o ministro. — Que história é essa de dentes de cachorro?

Ele fitou um por um os dois chefes e a seguir os demais. Teve a impressão de que seus rostos tinham aquela reserva de quem não quer se intrometer em um velho desentendimento. Os próprios brigões, surpreendentemente, como se arrependidos, pareciam agora se evitar.

Falando baixo, o ministro perguntou a seu substituto, sentado em frente, que história era aquela de cadáver e dentes de cachorro. O outro também hesitou um pouco antes de explicar que se tratava do corpo de um estudante, abatido na fronteira e depois trazido a Tepelena em cima de um caminhão. Um episódio de dois anos antes. O cadáver mostrava sinais de balas e também de dentes dos cães guarda-fronteiras.

— Hum — fez o ministro. Ele tinha a impressão de ter sabido de algo parecido pouco tempo antes, quando acabara de ser nomeado, mas estava mencionado num relatório em termos lacônicos e confusos.

— Prossigamos — disse, baixo.

O relógio na parede indicava quase meio-dia. A assessoria do dirigente mandara dizer ao ministro que ele poderia ser convocado durante a tarde. Agora ele se felicitava de não o ter comentado. Mesmo sem a informação todos pareciam nervosos. O chefe de Shkodra tinha se aproximado de um mapa pendurado na parede para expor sua opinião. Riscos e setas azul-claros indicavam o percurso das evasões.

— Tudo se resume em saber qual lado vai desencorajar o outro, nós ou eles. Portanto, como disse o camarada ministro, o próximo verão será decisivo para todos.

O chefe de Ersek disse que as coisas nas passagens montanhosas não andavam do jeito que se supunha na capital: — Tive de vir algumas vezes a Tirana só para explicar o caso da condecoração de dois cães guarda-fronteiras. Um deles fora ferido em um confronto com evadidos. Para dizer a verdade, não entendo por que se criou um caso em torno das condecorações. O mundo inteiro homenageia os animais, confere-lhes medalhas e títulos, por que deveríamos nos envergonhar? Pelo que ouvi falar, em algum Estado respeitável, a Bélgica, se não me engano, um cachorro chegou a vice-presidente do Senado e ninguém abriu a boca.

— Não foi na Bélgica, mas na Roma antiga — interveio o vice-ministro. — E pelo que sei não foi um cachorro, mas um cavalo.

— Cachorro, cavalo, dá no mesmo — disse o outro. — O problema não é esse, e sim se vamos bater duro, para atemorizar o adversário, ou com luvas de pelica...

A imagem do cadáver do estudante em Tepelena voltava sempre à mente do ministro. Ao que parecia, era um episódio que tinha tudo para se repetir, com essa ou aquela variante. Não por acaso aqueles macacos velhos, escolados nessas coisas, de vez em quando voltavam ao assunto. O que ele não entendia era por que usavam de tantos rodeios e cuidados, como espectros.

Quem falava agora era o chefe de Saranda. "Terá enlouquecido?", perguntou-se o ministro. — Não ouvi bem — disse em voz alta. — Você falou de cercas e cães? O que você fará com eles no mar?

O rosto rubicundo do chefe avermelhou-se ainda mais.

— É exatamente o que eu estava dizendo, camarada ministro. Para ser sincero, realmente não mexo com cães nem arame farpado, mas tenho outros problemas, mais complicados. É sabido que no ano passado Saranda foi a primeira colocada em evasões. Estamos prontos a assumir a meta de baixar esse número, de aproximá-lo de zero... E não me queixo de escassez de recursos. Temos tudo, lanchas de patrulha velozes, radares e novos sistemas de iluminação, mulheres... Todo o problema está em como vamos atacar.

"Que mulheres são essas?", escreveu num papel o chefe de Ersek. "Estão usando mulheres na guarda da fronteira?"

— São putas — cochichou o vizinho. — Descobrem os fujões mais fácil que um radar.

— Ah!

— Tudo se resume no sistema de ataque — repetia o orador, enquanto folheava suas anotações. — Meus problemas são nessa área. A Grécia está a dois passos de Saranda. Tenho turistas estrangeiros. Este ano foi decidido que mais turistas virão.

Sabe-se que eles enfiam o nariz em tudo. Entre eles pode haver jornalistas disfarçados, gente da Anistia Internacional e só o diabo sabe quem mais. Para não me alongar, repito a pergunta que levantei para os camaradas: Como vamos golpear? Abertamente? Ou na surdina?

O ministro percorreu as fisionomias, que se fecharam outra vez. "Aqui há algo", disse consigo. Do corpo sem vida de Tepelena, seu pensamento saltou para a imagem do ex-ministro acorrentado em sua cela.

— Ouça — disse baixinho ao vice-ministro. — Já acolchoaram as paredes da cela três?

O outro fez que sim.

— Desde a semana passada. Mesmo assim, por via das dúvidas, ainda não tiramos o capacete de motociclista do nosso amigo...

— O acolchoado não basta para evitar que ele arrebente a cabeça?

— Claro que sim. Mas desde que Teme Grapshi, o ex-procurador-geral, rasgou os colchões com dentadas, talvez tenha ouvido falar, redobramos os cuidados.

— O idiota — disse o ministro. — O que lucrou com aquilo?

— Nada. Agora quer falar, mas com aquele resto de sanidade que lhe restou, só diz sandices.

O chefe de Ersek pedira a palavra.

"Vejamos como irá encorajar-nos", pensou o ministro.

A porta se abriu bruscamente e por ela entrou um assessor do Ministério. Lia-se em suas feições que trazia uma mensagem que a custo conseguia segurar. Por um instante o ministro permaneceu imóvel. A seguir, pôs-se de pé, murmurou algo para o substituto e dirigiu-se para a porta. Então lembrou-se de seus papéis e anotações. Voltou, juntou tudo e saiu, sem olhar para ninguém.

— Estava marcado para a tarde — disse ao assessor, que o seguia. — Não ouviu?

— Não para a tarde, para agora — repetiu o assessor.

O ministro olhou o relógio.

— Mas agora ele está no Palácio dos Pioneiros*...

— Agora — insistiu o assessor —, imediatamente.

— Entendi, não precisa gritar.

"Ao que tudo indica, o encontro com os pioneiros foi cancelado", pensou ao entrar no carro.

Lá fora, sob a chuva miúda, viam-se viaturas da polícia diante da Galeria de Artes Plásticas. Ele enxugou o vapor do vidro com a mão e reparou que o Grande Bulevar estava deserto, como costumava acontecer naquele horário. No Hotel Daiti, diante do Parque da Juventude e do Ministério das Relações Exteriores, os guardas ocupavam seus postos. "Tudo parece normal", pensou. Talvez o encontro com os pioneiros tenha se prolongado e eles ainda não saibam... Ou então... Será que teriam decidido levá-lo até lá? Teve a sensação de balançar a cabeça numa negativa. Nunca ocorrera de o ministro do Interior participar de festividades assim... Com certeza o encontro dos pioneiros fora prolongado até que...

— Corra — disse ao motorista.

Naquele momento percebeu na rua em frente ao Comitê Central os primeiros carros da comitiva oficial. E ali estava também o grande Mercedes. Boquiaberto, ele os viu passar em fila indiana. "O que andará acontecendo", pensou, possuído pela ansiedade. O dirigente o convocava e em seguida ia embora?...

O motorista reduzira a marcha enquanto a comitiva passava, mas depois acelerou. Parecia dizer "Não precisa me apressar".

―――
*Organização das crianças de nove a catorze anos na Albânia socialista, seguindo o modelo da União Soviética. (N. T.)

Foi então que o ministro deu um tapa na testa. "Idiota", disse consigo. Desmiolado! Cretino! Com certeza era o sósia que estava no Mercedes. Nem se poderia pensar em um lugar melhor para usar o sósia que um encontro com aqueles boboquinhas. "Cabeça oca", recriminou-se outra vez. Ele próprio tratara do envio do sósia à área habitada pela minoria grega e, no entanto, esquecera por completo o assunto.

— Corra — disse ao motorista.

A invenção do sósia fora de fato uma grande coisa, pensava, enquanto o carro ia freando. Você fica em casa, ao pé do fogo, enquanto envia a toda parte o seu duplo, o seu espelho. Não por acaso o recurso era tão empregado desde a Idade Média, antes da televisão. E agora estava voltando à moda. Dizia-se até, à boca pequena, que boa parte dos chefes socialistas morrera havia tempos e agora eram os sósias que ocupavam seus lugares.

Na ante-sala, onde lhe disseram que esperasse, tirou da pasta suas anotações e começou a folheá-las. Mas em vez de se concentrar nelas, sua mente saltou para o salão cheio de alegria onde os pioneiros na certa recitavam versos sob os olhares marejados de lágrimas dos professores. De repente sua mão se imobilizou sobre os papéis. E se Ele estivesse realmente lá, e na sala ao lado fosse o sósia a esperá-lo?

"Maluquice", descartou. Com alguma amargura refletiu que mesmo antes de possuir um sósia Ele de certa forma se duplicara. A face risonha, cordial, era sempre destinada aos pioneiros, aos acadêmicos, aos artistas. Ao passo que eles, os fiéis sabujos do Estado, só tratavam com o outro lado, o sombrio. E, não se sabe bem por quê, quanto mais alegre e cordato o duplo se mostrava com a garotada, mais azedo se mostrava o original ali em seu gabinete.

A porta se abriu e o secretário fechou-a em seguida atrás de

si. Aproximou-se e disse em tom contido: — Camarada ministro, está armado?
Ele piscou os olhos. Em seguida lembrou que, depois do complô no Exército, as normas de segurança tinham sido enrijecidas. — Não — respondeu com a voz apagada.
— Obrigado — disse o secretário, e voltou a se aproximar da porta. Ela pareceu desmesuradamente alta ao ministro. "Acalme-se", disse consigo, mas imediatamente acrescentou: "Não". Estava calmo até demais. Não havia motivos para alarme. Afinal, nem o tinham revistado.
A porta demorava a abrir. Ele tentou se concentrar nas anotações, até empunhou um lápis vermelho. Estava sublinhando as palavras "O episódio de Tepelena" quando se sentiu assaltado de novo pela suspeita, dessa vez reforçada, de que seria o sósia a recebê-lo. Não voltou a dizer consigo "Maluquice"; ergueu os olhos do papel e sentiu um nó no peito. Seu antecessor, no dia em que fora derrubado, havia sido recebido precisamente pelo sósia. Só Deus saberia que diálogo insano ocorrera entre eles. Talvez o duplo tivesse zombado dele, quem sabe teria dito: "Então, pensou que Ele próprio iria se ocupar de um cadáver como você? Ou teve a esperança de aproveitar o último encontro para saltar sobre a garganta dele como um lobo...?".
"Você não tem motivos para tremer assim", argumentava consigo o ministro. Era um bom sinal que tivessem lhe perguntado se trazia uma arma. Mostrava que seu interlocutor seria não o sósia, mas Ele em pessoa. Teria até sido melhor se o tivessem revistado.
A porta finalmente se abriu. O secretário fazia sinais para que ele entrasse. O ministro não se agüentava nas pernas. A porta parecia se adiantar. Por um instante chegou a pensar que o suplício era tão insuportável que no fundo de sua consciência já não sabia dizer quem ele preferia, se o duplo ou seu dono.

Devia estar já no meio do gabinete quando concluiu que era realmente ele. Acompanhava sua aproximação com um olhar vazio e melancólico. Fez um sinal para que sentasse. As pernas do ministro recuperavam o movimento. Mas no lugar que o outro indicava não havia uma cadeira. "Não perca a calma", pensou o ministro. Era fato sabido que os olhos do outro tinham enfraquecido muito nos últimos tempos. Achou uma cadeira e cuidadosamente aproximou-a. Agora estava definitivamente convicto de que era ele mesmo, apenas privado do olhar. Outros desfrutariam de seu sorriso — a meninada, os acadêmicos e companhia; ele, ministro, teria que aturar aquele vácuo.

— Chamei-o, como já deve ter adivinhado, para tratar das fugas. — Ele falava lentamente. Ainda tinha uma voz cálida como antes, apenas a última palavra soou mais fina e sem cor. O ministro sentiu o coração apertar. O outro continuava a fitar algum ponto sobre a mesa. — Conforme os relatórios, elas estão aumentando.

O ministro aquiesceu com um gesto, mas o outro estava cabisbaixo. Permaneceu assim por um longo intervalo. Quando ergueu a fronte, tinha a fisionomia ainda mais amarga. O ministro pensou que seria mais fácil agüentar uma descompostura que aquela aflição.

— Vamos detê-las — disse com uma voz surda. — Estamos ali para enfrentá-las nem que seja com nossos corpos.

Imediatamente envergonhou-se daquelas palavras, que mais pareciam versos de pé-quebrado. Poderiam ter lugar diante do sósia, lá no Palácio dos Pioneiros, mas não diante Dele! Afortunadamente, teve a impressão de que o outro não escutara. Havia baixado de novo os grandes olhos de um tom café bem escuro, como se dissesse: "Compreende, homem, ministro, o quanto estou amargurado?".

O ministro sentiu um desejo de gritar: "Como pode amargurar-se, você, que com um sorriso nos faz renascer a todos?".

Seu pensamento saltou outra vez para o Palácio, onde agora os acadêmicos escalados transbordariam de contentamento junto com a criançada em torno do sósia.

Aquele capaz de encher de júbilo a todo o Comitê Central e ao país inteiro, como não disporia de um grão de alegria para si próprio?

Uma onda de compaixão se apoderou do ministro, ainda que em ocasiões assim ele sempre tratasse de afastá-la. Ao que parecia, o ser humano é capaz de servir a si próprio de fel, mas nunca de regozijo.

O ministro a custo suportava o olhar do outro.

— Ouça — disse o dirigente, baixinho, como se contasse um segredo. — Eles fazem isso para me aborrecer.

O ministro estacou. Antes que o sentido das palavras lhe chegasse por completo à consciência, percebeu que era uma frase espantosa, possivelmente empregada pela primeira vez naquele prédio. Por isso seria tão difícil penetrá-la.

O outro aparentemente o sabia. Ficou algum tempo assim, depois repetiu a frase. No cérebro do ministro um alarido ainda ressoava: ecos de frases, lemas e palavras com os quais se acostumara ao longo de anos de reuniões, de assembléias, em meio a bandeiras e hinos. Tudo para dar lugar a uma palavra banida há tempos: "aborrecer". Não tinha a lembrança de jamais ter dado com ela em um texto de Marx ou mesmo de Engels. Ela surgia como uma viúva enlutada no meio de uma festa, destacada em seu azedume.

O ministro percebeu que havia ali algo a compreender, mas o terror o impedia. Sentiu a urgência de fazer a opção entre bancar o ingênuo e assumir o risco de indicar que entendera. Notava que não era um bom sinal o dirigente lhe fazer aquela confidência. Mas esquivar-se dela talvez fosse ainda pior.

Num impulso, decidiu-se pela segunda alternativa. O cérebro, liberto do dilema, pareceu se iluminar. Claro que o faziam para aborrecê-lo. Pior ainda, para ofendê-lo, à traição... Os outros, um povo inteiro, viviam felizes numa vida paradisíaca. Vinha gente de todo o mundo, do Brasil e da Suécia, da Costa do Marfim, somente para estar com o dirigente... Ao passo que aqueles outros buscavam ofendê-lo: "Não quero ficar no mesmo país que você". E davam no pé, pelas montanhas nevadas, em meio aos cães e às águas. "Fique aí sozinho como um *kukudh*."*

"Desgraça", pensou consigo o ministro.

Queria dizer: "Por que esquentar a cabeça com esses pobres-diabos?", mas na última lista de evadidos constavam três estudantes e um violinista do Teatro de Ópera. Pensou em comentar que havia todo tipo de motivos para uma pessoa fugir, brigas familiares, mal-entendidos no trabalho, ciumeiras artísticas, como no último caso, porém mais uma vez não teve coragem.

O outro arcara com a responsabilidade pela partida de todos; ninguém afora ele podia remediá-lo. "Vão-se por minha causa..."

O ministro controlou sua compaixão. O grande dirigente mantinha seu contristado silêncio. Arcara com tudo, como os santos de outrora, e agora sofria. Há vinte e dois anos não deixava o país, os convites choviam de toda parte, mas ele os recusava. Enquanto eles só pensavam em cruzar a fronteira.

O ministro balançou a cabeça em um esboço de negativa, mas não foi capaz de falar nada. Aquele acúmulo de culpa e fel sobre um único ser dificultava qualquer argumentação.

---

*Figura mitológica albanesa, espécie de duende provido de cauda que sai à noite das sepulturas. (N. T.)

— Eles tentaram tudo — disse por fim o outro, com a voz cansada. Continuou a falar, mas o discurso enevoou-se, como já acontecera da vez passada no Birô Político. O ministro tentou dar contornos ao que escutava. Depois de terem tentado tudo, conspirações, envenenamento progressivo, calúnias, tinham encontrado uma última forma de vingança. Pelo lento entristecimento a roer seu coração.

Em seus olhos a melancolia dava lugar a uma cólera fria. O ministro recordou que, nos autos do processo contra um escritor, dera com uma citação segundo a qual um equívoco da natureza concedera ao homem a cota de cólera prevista para uma vida de três séculos como a do corvo. Nas velhas casas de Gjirokastra, segundo o procurador, era possível encontrar iras assim.

— Portanto — declarou por fim, fitando outra vez o ministro —, tentaram de tudo.

— Odeiam-no... e levam o ódio deles para onde vão, para o fundo do mar — disse o ministro.

Imediatamente compreendeu o quanto a construção de sua frase tinha de exótica, mas refletiu consigo: "Saiu como pôde sair".

Os olhos do outro abrandaram. Depois, pela primeira vez, o dirigente sorriu. O ministro sentiu ganas de se prostrar de joelhos. "Afastai-vos dessa alma, ó coisas-ruins; afastai-vos ou verão uma coisa", suspirou consigo.

Balbuciando de emoção, disse frases que em outras circunstâncias jamais diria ou que talvez dissesse apenas ao sósia. Algumas delas, por exemplo, sobre como ele pegaria os malandros onde quer que se escondessem, mesmo no fundo das águas se necessário. Imediatamente sentiu que não tinham muito sentido, mas nem por isso perdeu o ímpeto.

O outro ouviu; por duas ou três vezes chegou a mover a cabeça.

— Entendi — disse em tom baixo. — Agora diga-me quais

as suas necessidades para tudo isso. Você dispõe de gente e de recursos suficientes?

— Temos tudo, não falta nada. Contanto que o camarada durma tranqüilo...

— Contando com pessoas como você, eu durmo tranqüilo.

— Obrigado pela confiança. Farei o impossível para merecê-la... Os camaradas estão todos lá... Deixei-os na reunião. Quebram a cabeça só pensando nisso, dia e noite.

O ministro sentiu que estava falando um pouco demais, porém mesmo assim queria prosseguir. Falou das medidas de emergência, dos radares, das novas idéias, como aquela de arrastar cadáveres.

— Essa história do cadáver eu já escutei — interrompeu o outro. — Não tem nada de novo. É tão velha quanto o mundo.

O ministro gaguejou.

— Há diferentes idéias... Como seria melhor... Que o Estado mostre os dentes ou... talvez o camarada...

— Uma velha história — prosseguiu o outro. — Acho que já sei, a *Ilíada* dos gregos. Ali, se não me engano, fala-se de um cadáver que é desenterrado para que as pessoas o contemplem. Não recordo a impressão que isso causa a elas... Mas você mesmo deve decidir.

Ele olhou para o relógio e o ministro entendeu que devia se retirar.

Quando entrou no carro, sentiu-se mais tranqüilo. O Grande Bulevar continuava deserto. Ao que parecia o sósia não tinha voltado da festa. No seu gabinete os cinzeiros deviam estar cheios de pontas de cigarro. Quando já se aproximavam da Praça dos Ministérios, disse ao motorista: — No gabinete não, na cadeia.

As portas de ferro se abriram uma após outra, rangendo. A

primeira coisa que reparou ao entrar na cela do ex-ministro foi o capacete de motociclista na cabeça do prisioneiro. Depois notou os ferimentos nas pernas e mãos. Sem falar, aproximou-se da parede e tocou o acolchoado. Que dentes de lobo devia ter tido aquele Teme Grapshi para rasgar aquilo...

— No interrogatório você não explica claramente aquela história de Tepelena — disse por fim.

O capacete não permitia que se distinguisse claramente nem os olhos nem as sobrancelhas do prisioneiro.

— Não sei o que dizer — respondeu uma voz débil. — Não sei o que deseja.

— Não pense que pode se esquivar falando coisas sem nexo como no interrogatório.

— Não falei nada sem nexo. Não sabia o que dizer.

— Você sabe o que se busca num interrogatório. Você mesmo já os realizou. Responda e não me venha com truques: você encorajou ou desencorajou o episódio do cadáver?

— Sou acusado das duas coisas.

— Qual delas é verdadeira?

— Nem encorajei nem desencorajei. Entendi que era uma faca de dois gumes. Por isso não soube o que fazer.

— Faca de dois gumes? Explique-se melhor... Fale.

— Era, sim, uma faca de dois gumes. Todos sabiam.

O ministro percebeu que um profundo suspiro saía do capacete.

— Explique-se. Vá falando!

— Aquilo não podia dar certo. Era uma coisa medonha que não tinha saída. Se eu aceitasse, diriam que estimulei propositadamente o descontentamento do povo. Se fosse contra, me acusariam de abrandar a luta de classes. Como já disse, tudo se encontra nos meus relatórios.

— Quer dizer que o interrogatório foi ambíguo?

— Não disse nada disso.
— Dê sua opinião: a exibição do cadáver ajudou ou atrapalhou na questão das evasões?
— Não sei o que dizer. Às vezes acho que sim, às vezes que não.
— O que me aconselha então? A quem devo me dirigir?
— A ninguém. Todos tiravam o corpo fora.
— Pelo que entendi, a questão não foi levada ao Birô Político.
— Conversei com o grande dirigente.
— É? O que ele disse?
O silêncio no capacete prolongou-se mais que em outras vezes. Um reflexo de luz, aparentemente provocado por um movimento da cabeça do detento, feriu os olhos do ministro.
— Estou falando com você. Responda.
— Nada — disse o outro. — "Leia a *Ilíada*." Foi o que ele disse.
O ministro estacou. Teve ganas de martelar o capacete, mas não sabia como.
— Você mente.
— Não. Foi o que ele disse.
— Mente! — gritou pela segunda vez o ministro, enquanto se precipitava pela porta.

Ao sair, ainda tinha as feições transtornadas.
— Para o gabinete — disse ao motorista.
Lá fora a tarde caía. A viatura dos guardas abria caminho com rapidez pelo Grande Bulevar.
Como ele previra, estavam todos ali. "Poderiam pelo menos ter esvaziado esses cinzeiros cheios de bitucas de cigarro", pensou. Mesmo se não houvesse tantas bitucas, dava para ver que esperavam na maior aflição.

Agora não desviavam os olhos dele. Esperavam pelo que diria, a orientação a seguir. Mas ele nada diria.

Foi tomado por uma onda de rancor frio contra todos, vinda não sabia bem de onde. Que ninguém esperasse nada dele, assim como ele nada esperava de ninguém. Que cada um se virasse sozinho, às voltas com sua sina, em meio àquelas trevas.

Um mau pressentimento o acompanhou mesmo enquanto se despedia deles, desejando-lhes bom trabalho. Até as formalidades pareciam agravar seu mau humor.

Na porta de casa, enquanto tirava o paletó, seus olhos deram com o capacete de motociclista do filho largado no chão.

— Você parece cansado — disse a mulher, à mesa de jantar. — Onde almoçou?

— Por aí.

Depois do jantar foi para o quarto que servia de escritório. Tirou da pasta as anotações e pôs-se a folheá-las. Os olhos doíam de cansaço. Mal conseguia ler o que estava escrito, era de admirar que viesse de seu próprio punho. Eram frases sem pé nem cabeça, como serpentes esmigalhadas. "Partem para me aborrecer." A frase não estava em lugar nenhum. Sua mão petrificada não ousara escrevê-la. Apenas lançava sua pesada sombra sobre as outras, de cima.

O ministro empunhou o telefone. Ligou para o primeiro vice-ministro.

— *Ilíada*? — indagou o outro, sem esconder o assombro, concluindo com um grande ponto de interrogação, como se dissesse: "A *Ilíada* a esta hora?".

— Sim, sim. Preciso da *Ilíada* hoje mesmo, com urgência. Ligue para o presidente da Academia de Letras. É tarde demais para acordar aquele velho senil? Então consiga um volume com o nosso pessoal. Como? Nenhum dos vice-presidentes é nosso? Como é possível? Ah, o nosso está no exterior. Bom, bom, resolva você. Alô, escute, já ia esquecendo, não deixe de perguntar qual é aquela parte que fala da exibição de um cadáver. Entendeu? Entendeu? Há uma referência a um corpo que arrastam na poeira. Agora, corra. Espero seu telefonema.

Sentado no sofá, semicerrou os olhos e tentou não pensar em mais nada.

Do inquérito posterior, dez anos mais tarde

O VICE-PRESIDENTE DA ACADEMIA: *Era a segunda vez que me procuravam pelo mesmo motivo: a* Ilíada. *As vozes eram outras, mas o horário, por incrível que pareça, coincidia: em torno da meia-noite. Junto com o livro, queriam saber em qual trecho ele descrevia como Aquiles arrastava o corpo de Heitor — o que, como devem saber, acontece no vigésimo segundo canto.*

Teriam consciência do que procuravam? Haveria aqui algum equívoco? Ou tudo diria respeito a algo muito diverso, por exemplo o exame em segredo do manuscrito de algum ficcionista, que descreveria um acontecimento correlato da Antiguidade, mas na verdade aludiria a nossos tempos? Como devem saber, casos assim já ocorreram.

Quando surgiram os primeiros rumores sobre cadáveres arrastados, em Tepelena ou no litoral, ocorreu-me que poderia haver um vínculo entre as duas coisas. Apenas não consegui atinar com o ponto de ligação. Comparavam-se duas coisas completamente incomparáveis. Caso se tratasse, por exemplo, de um desertor que pretendesse deixar Tróia, ou, em outras palavras, que quisesse se evadir, e que os troianos punissem arrastando-o aos olhos do povo, ainda seria algo compreensível. Mas aqui se tratava de um chefe guerreiro morto heroicamente, Heitor. Além do quê, estavam em cena dois lados opostos, os gregos, que se congratulavam, e os troianos, que pranteavam Heitor. Portanto, nada se assemelharia ao corpo arrastado em Tepelena ou Pogradets.

Tampouco se pode cogitar de uma idéia tomada de Homero. Como já foi mencionado algumas vezes neste processo, permitam-me lembrar que eles possuíam mais experiência e inventiva nessas coisas que toda a soma da Antiguidade greco-romana. Perdoem-me esta digressão.

Gostaria de assinalar meu assombro quando dois ministros — o primeiro, preso e mais tarde fuzilado, e o outro, que substituiu àquele e está sendo julgado aqui — pediram-me a mesma coisa, com a mesma formulação e, como disse, no mesmíssimo horário, por volta da meia-noite.

Na falta de uma explicação, pensei que ou bem os dois tinham enlouquecido, ou alguma inclinação fatal os instigava a ler, antes de se precipitarem no abismo, e sabe-se lá por qual motivo, aquele venerável texto.

5. O tédio do soldado

Paisagem desolada. Rochedos à beira-mar. Entra em cena... Lul Mazrek.

"Idiota", diz consigo. "Cretino sem remédio. Começou outra vez?!"

Depois de toda uma semana após sua chegada, acreditara que aquelas besteiras pertenceriam ao passado. Não só ele, mas todos os recrutas pareciam igualmente pasmos. "No começo é assim, você se desorienta", diziam os mais antigos. "Além disso, vocês não deram sorte com o tempo."

O tempo realmente andava péssimo. Uma chuvinha fina, às vezes acompanhada de neblina, impedia que se visse qualquer coisa. Nem a costa, nem o mar, nem o céu.

No tempo livre, depois do treinamento, Lul passeava pela área entre o alojamento e o mar. Dali se distinguia melhor o mirante, onde se instalara a metralhadora. Desde a primeira vez em que a vira, Lul Mazrek logo desviara os olhos, como se o pilhassem em falta. E assim acontecia sempre. Quando se voltava, o olhar ia para o ninho de metralhadora ou para a bandeira, enquanto o rabo do olho buscava furtivamente a lancha. No terceiro dia ele reparara que o motor fora retirado. Por acaso, escutara que o comandante em pessoa mantinha-o trancado a chave. O caminho para o refeitório passava pelo posto do cão. Este, tal como a lancha, era preso por uma corrente de ferro. Lul sentia os olhos gelarem. Duas semanas antes, caso olhasse os dois, barco e cão, sua mente com certeza concluiria: "Aí estão, os dois mais fiéis instrumentos do Estado, um animado, outro não, e os dois, surpreendentemente, mantidos a ferros". Agora sentia que seu cérebro se fechara para esse tipo de vôo.

"Isso acontece com todos", insistiam os veteranos. "Com o tempo você já não lembra de nada, ou, se lembra, é tão diferente que você já nem se identifica."

Lul Mazrek sentia precisamente isso. Parecia-lhe que, junto com o uniforme, tinham lhe dado alguns dias suplementares que não eram propriamente seus. Dali por diante, estava na obrigação de conviver com eles. "No começo é assim, depois as coisas mudam", diziam os soldados. Pouco a pouco, tudo se transforma.

Ele gostaria que aquele torpor continuasse. O que lhe importava a mudança das coisas? Sob as correias de couro e o aço das armas, tudo parecia mais suportável. Até o tédio dava a impressão de se conter. Assim como os vôos da fantasia ou o tesão pelas mulheres. Ao que parecia, ali estava a essência secreta de qualquer exército: manter você amarrado e a seguir lançá-lo contra o inimigo. Como um cão. Como uma lancha.

Naquela tarde, ao voltar da habitual caminhada, ouviu que o chamavam ao longe. Ao se aproximar do alojamento, entendeu. Chegara o correio. Um soldado de rosto avermelhado agitava na mão um envelope. "Lul Mazrek, carta registrada!", gritava para todos.

Aproximou-se e tomou o envelope daquela mão, quase com raiva.

— Precisa berrar deste jeito?

Com os olhos arregalados, o outro continuava a fitá-lo enquanto ele abria o envelope.

— Alguma má notícia, irmão?

Lul fez que não com a cabeça.

— Ainda bem — disse o outro.

Lul correu os olhos pela primeira linha: "Meu querido Lul". Depois viu o nome da menina embaixo. O soldado que lhe entregara a carta não desgrudava os olhos dele.

— O que foi? — disse Lul. — Por que me olha com esses olhos de coruja?

— Nada. Só gostaria de saber por que as más notícias vêm sempre em cartas registradas.

Pela primeira vez em uma semana de entorpecimento, Lul soltou uma risada.

— Você é um perfeito tapado — disse.

O soldado deu de ombros e desviou o olhar, como que se desculpando.

— Não sei de nada... Desde que entrei aqui no Exército, só chegou uma carta registrada.

— Com más notícias?

— Claro. Um soldado de Fishebardha. Avisaram que os lobos tinham matado metade do rebanho da cooperativa.

— Então, só para tirar você da dúvida, o lobo não atacou meus carneiros, nem meu velho quebrou a perna. É uma carta... da namorada.

O outro estava ainda mais assombrado. Além dos olhos, agora escancarava a boca.

— Por que esses olhos arregalados? Não disse que foi Cristo quem mandou a carta. Foi minha namorada. Não acredita?

— Namorada... — disse o outro.

Parecia que, ali, aquela palavra tinha poderes mágicos. O soldado não escondia sua admiração pelo destinatário da carta.

Lul Mazrek voltou-se e caminhou para a praia, para ler a carta em paz. Ventava. Aqui e ali caía uma gota de chuva. Passou rapidamente pela parte em que ela contava como sentia saudades enquanto ele defendia as fronteiras da pátria socialista e outras coisas assim. Mais abaixo, abriu os lábios num trejeito de espanto. "Veja só, veja só!" A ruivinha sabia escrever. E logo se via que não tinha copiado a carta de nenhuma revista. "Lembro do aniversário de N. B., quando apoiei o rosto em seu ombro e você me segredou palavras doces, ao som do violão..."

"Conversa", pensou Lul. Durante a dança ele não lhe dissera nenhuma palavra doce, apenas apalpara sua bunda sob o vestido, bem no rego, enquanto lhe dizia no ouvido que ela parecia um tição, era bem isso que parecia.

"Meu querido, conheço todos os seus desejos secretos e sei que, aí onde você está, gostaria que eu lhe escrevesse umas palavras sem-vergonha. Acredite, eu bem que tentei, mas não consegui. Você me ensinou a falá-las, mas escrever é diferente."

"Veja só, ela está ficando careta", suspirou Lul. Na verdade, o que ele não daria por umas palavras daquelas...

"Mesmo assim vou lhe contar um segredo... Toda vez que quero me derreter... Entende o que quero dizer?... Nós, meninas, assim como vocês, quando sentimos tesão, nos derretemos sozinhas. Então, toda vez que me dá vontade, visto a calcinha de seda, aquela da primeira noite... em que você... fez... E, sabe? É o que basta. Mas chega disso. Meu sonho agora é uma sala de teatro, eu sentada ali e você no palco. No final, aplausos, flores, os nossos olhares se cruzando..."

"Veja só, veja só", ele repetiu. Mas não chegou a dizer "a ruivinha dos diabos".

Enfiou a carta no bolso e retornou, caminhando pensativo. Seu cérebro, após uma semana de letargia, mostrava uma dolorosa agitação. Como sempre, assegurou-se de que ninguém o via e buscou de soslaio a imagem da lancha. Ela realizava o mesmo balanceio monótono, idiota. Privada do motor, era como um ser acéfalo. Sentiu ganas de agredi-la com um machado para dar fim àquele ondular sem esperanças. E um desejo similar o atacou ao passar pelo posto do cão. Este também parecia paralisado. Apenas a bandeira se agitava no mastro, tão forte que dava a impressão de que a qualquer momento a águia negra iria se arrancar do tecido.

Quando entrou no refeitório, reparou que o olhavam de um jeito especial. Na certa aquele bestalhão vermelho o entregara sobre o assunto da carta. Não se abalou. Longe disso, sentiu que além da curiosidade havia uma ponta de admiração naqueles olhos lampejantes.

Depois do jantar, perfilaram-se. Como todas as noites, deram a volta no alojamento, cantando.

Quando ele fumava um cigarro na porta da caserna, antes da hora de dormir, o soldado da cama ao lado da sua, um comprido de pernas de cegonha, disse-lhe baixinho: "Recebeu carta da namorada? Sortudo".

Lul Mazrek não soube o que responder. Buscou com os olhos o vermelho. Achou-o postado um pouco adiante, na penumbra, mas com a cabeça voltada para outro lado.

— Tínhamos um noivo no ano passado — disse o vizinho de alojamento. — Deram a ele quatro dias de licença para casar. Quando voltou, estava no bagaço. A primeira coisa que lhe perguntaram foi quantas vezes ele tinha feito. No começo ele estava todo envergonhado, depois se abriu: na primeira noite, vinte e três vezes; na segunda chegou a quarenta!

O comprido soltou uma risada, batendo com as mãos nos

joelhos. Lul também. Três outros soldados tinham se aproximado em silêncio.

— Estão falando de Llukan Huta? — quis saber um deles.

— É — disse o comprido. — Ele achava que bastava meter, dar uma bombada, como se diz, para contar uma vez. Vejam só.

Havia muito tempo Lul não ria tanto, chegou a sentir um aperto no peito. Os outros lacrimejavam de tanto gargalhar. "Aquele Llukan, só ele!", disse um. Depois, fez-se silêncio.

— Tem tempo, o namoro? — perguntou o vizinho de Lul Mazrek.

— Não... Duas semanas antes de eu vir para cá.

— Ahã... Ela estuda?

— Sim... Está na faculdade de medicina.

O outro soltou um suspiro.

— Um caso de amor. Vocês, nas cidades, têm umas histórias bonitas.

Lul jogou fora a ponta de cigarro. Depois pisou-a. Não sabendo o que responder, fitou por um tempo a última brasa, com seu resto de fumaça.

— Conheci-a num aniversário — disse, baixo. Um constrangimento desconhecido, um prurido de hesitação continha-lhe a língua. As palavras de Nik Balliu, "Uma xoxota de *lokum*", a música da festa, o tato da bunda sob o vestido misturavam-se em sua mente com os aplausos no teatro quando ele recitara "Rebanho e lavoura", um piano no canto do palco, as sem-vergonhices da ruiva no quintal, as unhas pintadas de negro de uma estudante de arte de Tirana, mais as palavras de um desconhecido, "é mesmo chique usar um esmalte assim".

Espantou-se com a facilidade com que seu cérebro se deslocava tão depressa, improvisando como que sob o estímulo da expectativa dos outros. Unhas pintadas, calcinhas de seda, palavrões no quintal, o piano junto com o velho pianista que o tocava, palmas, o rego da bunda, tudo esvoaçava livremente, cada cena descolada de seus vínculos originais; depois alinharam-se em outra ordem, que lhe pareceu mais adequada. Não tinha a consciência de mentir. Longe disso, agia tal como durante um recital, quando acentuava as passagens de agrado do público, enquanto corria pelos versos mais tediosos. Sentia-se dominado pelo impulso interior de não desencantá-los. Devia atraí-los, não deixá-los no aborrecimento daquele fim de mundo. Quanto ao logro, se é que havia, não vinha tanto dele, mas dos outros. Estava neles e irradiava sobre tudo, ao passo que ele, Lul, não passava de um espelho a seu serviço.

Quando foram dormir, a cama do vizinho rangia mais forte que de costume.

— Não consegue dormir? — cochichou Lul. — Tem razão, nem eu. Não encaixo as pernas nesta porcaria de cama, quanto mais você.

— O problema não são as pernas — respondeu o outro. — É que não paro de pensar no que você contou.

— É?

— Escute — disse o outro, depois de um silêncio. — Escute e não leve a mal. Gostei de você desde o primeiro dia. Pensei: se eu tivesse um irmão assim! Agora gosto ainda mais. Você é um sujeito de sorte. Não sou um invejoso como o Tonin Vorfi. Não tenho sorte, mas gosto de quem tem.

— Você não deve dizer isso antes da hora — interrompeu Lul. — Mas quem é esse Tonin Vorfi?

— Um soldado de Durres. Um grande vaidoso. Descostura e costura de novo os botões para o uniforme cair melhor. Hoje, quando você falava, ele não se aproximou. Ficou de lado, o velhaco, mas não tirava os olhos de nós. Não suporta que outra pessoa seja o centro das atenções. Aquela sua carta, e registrada, deve ter deixado ele maluco. Hum... Fale da carta. Ela deve ter contado tudo. Eu mesmo, não me envergonho de confessar, nunca recebi uma carta de amor. Às vezes até duvidei que elas existissem de verdade... Para mim você é um irmão, irmão mesmo. Por favor, não leve a mal o que eu vou pedir... Não vou dar com a língua nos dentes... Mesmo se você disser que não, tudo bem. Eu...

— Não enrole tanto — interrompeu Lul. — Pode ler.

Procurou a túnica no escuro, estendeu a carta ao outro.

— Vou ao banheiro. Não leve a mal, irmão.

Lul Mazrek acompanhou com os olhos a sombra desengonçada que se deslocava.

Voltou pouco depois. Com certeza tinha se masturbado.

— Então? — fez Lul.

— Deixa pra lá... Que loucura... Nem sei o que falar... É o máximo.

— Tinha uns palavrões, né?

— Que palavrões, cara?! Cada palavra era diamante, mais até, platina, o quem vem depois?... Urânio. Sem falar daquelas marcas de lágrimas...

Lul mordiscou o dedo. Lembrou da chuva fina quando abrira o envelope.

— Não melecou tudo?

— Não, tive cuidado.

Foram suas últimas palavras. Lul escutou o ressonar do outro, mas não conseguia dormir. Ouvira dizer que os apaixonados perdem o sono, mas acabava de descobrir que isso acontecia também aos que os outros tomam por apaixonados. Apesar de tudo, sentia-se meio perturbado. A vasilha que conduz rosas ao mercado sempre guarda um pouco do seu cheiro. Sentia um princípio de saudades. Como os primeiros brotos de março. Apenas tudo era frio e trazia uma demanda de neblina. O rosto da

menina vinha-lhe à imaginação meio encoberto, como que mascarado. Dir-se-ia que ela escolhera uma das máscaras inventadas pelos soldados enquanto o ouviam. Talvez mais tarde, com esforço, conseguisse apaixonar-se um pouco de verdade.
"Ruiva dos diabos", disse consigo, em tom de censura. Ele se deixara enfeitiçar, e ninguém saberia por quem ela se tomava agora.
Pensava naquilo sem nenhum azedume, até com doçura. Sabia que estava se mostrando insensível, do tipo que nada deseja entregar. Ela não tinha culpa se, mesmo não sendo a menina dos seus sonhos, deixava-o agora insone. E quanto àquela história de máscaras, toda fêmea precisava de uma, só variando o tamanho da necessidade. Se não as mostravam no rosto, usavam-nas sobre o sexo, com certeza. Afinal, aquele triângulo escuro, que enlouquecia a todos, não passava de uma máscara.
Virou-se de lado, como fazia toda vez que se masturbava, mas seu sexo estava apático, como se não lhe pertencesse.

O campo de tiro ficava atrás do refeitório, num flanco do descampado. Parecia a Lul Mazrek o lugar mais desolado do mundo. Umas pobres moitas de um lado, um cartaz onde estava escrito "Viva o Primeiro de Maio!", ao fundo as silhuetas dos alvos, trazendo pintadas as efígies de pessoas odiadas. O alvo ao lado de Brejnev estava vazio; ainda não tinham desenhado o novo presidente americano, passadas as eleições nos EUA. Entretanto, a efígie de Tito não fora substituída, embora o retratado já tivesse morrido.
Esperavam a chegada do comandante para avaliar os tiros. Fora repetido que iria depender deles a liberação das próximas licenças.
Os soldados aparentavam nervosismo. Não era só ele que

não agüentava aquele descampado, pensou Lul. Tinha um travo na boca, mas mesmo assim acendeu outro cigarro.

O comandante finalmente chegou. Trazia a cara amarrada. Segundo o comprido, havia um momento do dia em que ele sempre se portava assim, o difícil era descobrir qual seria essa hora, pois ela mudava a cada dia.

Calcando o cascalho com as botas, aproximou-se dos alvos. Cada um de seus movimentos ostentava descontentamento. "Olhe como empina a testa, parece um touro", disse o comprido. "Nunca vi sujeito mais odioso."

Com a fronte baixa, o comandante finalmente lançou um olhar oblíquo para o primeiro alvo, que ostentava o capuz cônico da Ku-Klux-Klan.

Seguiu adiante, em silêncio. "Safado", disse o comprido entre dentes. Diante de Tito, pareceu mudar de atitude. Quando voltou a cabeça, aparentemente para saber quem atirara, já sorria com os olhos. "Eu bem avisei, é maluco", cochichou o comprido.

O comissário, que seguia atrás de seu chefe, também se alegrou e pôs-se a explicar alguma coisa sobre o alvo seguinte, o sem-retrato. "Vamos ver o que vão dizer de você", disse o varapau.

No alvo de Brejnev, o comandante espichou o pescoço num movimento caprichoso. Disse algo ao comissário e a seguir voltou a cabeça, buscando Lul Mazrek com os olhos. Lul aproximou-se e fez continência.

— Parabéns — disse o comandante sem fitá-lo. — Acertou bem na sobrancelha, veja só. — Voltou-se de súbito e examinou Lul da cabeça aos pés. — As "sobrancelhas de comediante", como disse o camarada Enver[*] — continuou num tom mais baixo, como se falasse consigo.

---

[*] Forma usual com que era chamado, na Albânia socialista, o líder comunista albanês Enver Hodja (1908-85). (N. T.)

— É você o artista, não é?

— Às suas ordens, camarada comandante.

O olhar do outro tinha um ponto turvo no centro. Sem tirar os olhos de Lul, resmungou algo para o comissário sobre a festa de Primeiro de Maio. Lul captou as palavras "recital", "esquete", depois seu próprio nome. O comissário ia fazendo que sim com a cabeça.

— Ele gostou de você — murmurou o comprido, quando Lul retornou a seu lado. — Comia-o com os olhos. Cuidado, menino.

— Por quê? — perguntou Lul com voz apagada. — Ele é?

— Eu não disse nada. Mas os outros dizem.

"Só faltava essa", pensou Lul Mazrek.

Na hora livre antes do jantar, ele foi até a beira da água, como de costume. Chutou com o pé umas pedrinhas, pensando no comandante, depois fitou a neblina cobrindo o mar. "Lugar feio", pensou. Solidão. Entra em cena Lul Mazrek.

Quis recriminar-se com um "Idiota", como antes, mas não pôde. Não tinha culpa. Eram os outros que espicaçavam sua obsessão.

Teve a sensação de que o esperavam. Voltou-se, andando devagar. À esquerda da cena, uma lancha acorrentada. À direita, um cão. Também acorrentado. Ergueu-se o pano.

No pátio em frente à cantina pareceu-lhe que o esperavam mesmo. A admiração transparecia mais claramente nos olhos dos soldados. Não era só a história da sobrancelha de Brejnev durante o exercício de tiro. Algo mais o colocara no centro das atenções.

O soldado das faces vermelhas aproximou-se com timidez. Seus olhos faiscavam.

— Boa noite — disse com voz contida. — Lembra? Fui eu quem lhe deu a carta.

— Sim, sim — disse Lul. Ergueu os ombros, sem saber o que dizer mais.

— Uma carta molhada de lágrimas... — O soldado parecia sonhar. — O que eu não daria por uma coisa assim. Metade da vida, acho.

Lul franziu o cenho, depois procurou com os olhos o comprido. Este permanecia cabisbaixo, com ar culpado. Não que Lul estivesse furioso, mas o outro bem que poderia ter segurado a língua.

Aproximou-se do comprido. Ele percebeu e começou a se agitar sobre as longas pernas. Parecia que Lul era uma ventania.

— Tonin Vorfi não se agüenta de inveja — disse, animado, quando Lul se aproximou. — Repare como ele olha você.

— É? Por quê? A história do tiro?

O comprido caiu na risada. Via-se que era um riso forçado, mas Lul nem assim se enfurecia. Ele mesmo mentira sobre o assunto das lágrimas, não tinha por que jogar a culpa nos outros.

— Que tiro o quê, cara — disse o comprido, ainda rindo. — O buraco é mais embaixo.

— Não entendi.

O outro aproximou-se do ouvido de Lul.

— Quando o comandante ficou olhando você, Tonin ficou branco. Entendeu agora?

— É? Ele é o queridinho do outro?

— É o que falam por aí. Eles fazem na lancha, dizem. Aqui entre nós. Eu não disse nada. Os outros é que falam.

— Não enche com esse seu "os outros é que falam". Se você diz uma coisa, ou fala mesmo ou cala a boca.

O rosto do comprido se fechou de repente.

Lul pensou que não era hora de lembrar aquele caso das lágrimas. Ficaria para outra vez.

Tocou o sinal do jantar e eles entraram em grupos no refeitório.

Depois de uma longa fase de sonhos sem sonos, Lul Mazrek sonhava. Não chegou a terminá-lo porque o acordaram. Era seu vizinho, o comprido.

— Lul, Lul — dizia, baixinho.
— Que é, diabos?!
— Levanta e vai ver, lá fora.

Lul xingava entre os dentes. Enfiou a cabeça sob o travesseiro e virou-se para o outro lado. Não via mais o comprido. Mesmo assim, depois de um intervalo, Lul descobriu a cabeça. "Estragou meu sonho", disse, baixo.

— Que diabo está acontecendo lá fora?
— Levante e veja você mesmo — respondeu o outro.

Lul suspirou de novo, mas mesmo assim levantou. Enfiou os pés nas botas e seguiu às apalpadelas para a saída. "Bundão", xingava com seus botões, "pensa que estou a fim de ver como o comandante enraba Tonin Vorfi?"

Tinha quase certeza de que era por isso que o outro o acordara. Só não sabia para onde voltar os olhos. Com certeza para os sanitários.

Na porta, deixou escapar um grito de espanto. Não entendia. A noite parecia completamente transformada. Incontáveis círios e candeias a iluminavam como se uma cortina tivesse se erguido de repente. Sua primeira sensação foi de uma apoteose cósmica. Parecia que seus sentidos se afogavam em meio às cintilações. Depois, passou a distinguir a parte celestial da cena, com estrelas contidas e fatigadas que se sobrepunham à nervosa iluminação terrestre. À esquerda viam-se as luzes de Corfu. À direita, as de Saranda. Brilhavam com uma impaciência de pérolas libertadas de um cofre. A noite se apresentava assim como uma dama que se enfeitou para um baile.

Não se sabe quanto tempo ele ficaria ali parado se não ouvisse uma tosse, longínqua, como que vinda do céu. O posto de vigilância, com a silhueta escura da metralhadora, negrejava na escuridão. Precisava ir ao banheiro antes que o guarda o interpelasse: "Por que saiu?".

Recusou-se a ler os palavrões escritos no tabique para não quebrar a imagem das luzes. Fechou os olhos, e ela lhe acorreu com mais clareza quando ele urinava.

— Então? — quis saber o comprido, quando Lul voltou à cama. — O que achou?

— Nem fale. Maravilha.

O outro deixou escapar um suspiro.

— É, maravilha, só que junto com as maravilhas aparecem as merdas.

— Por quê?

— Como, por quê? Os dias estão esquentando, o mar se acalma... E aí, já se sabe... Elas começam... as evasões.

— Ah, sim... Já ouvi falar.

— No verão passado a gente quase ficou maluco. Duas vezes por semana, alarme. Você sabe como é o alarme. A sirene é de moer os miolos. Todo mundo parece enlouquecido. Principalmente o comandante. Ele dá ordens a torto e a direito. Sapateia sobre a lancha. Ninguém entende o que está acontecendo. As patrulhas vão para um lado, o soldado do cachorro para outro. Os holofotes iluminam o mar.

— E depois?

— Depois?... Às vezes os fugitivos são apanhados. Mas não é fácil... Na verdade ninguém sabe o que acontece. Ficam pensando que alguém escapou, e o cara está no fundo do mar, afogado. Ou, ao contrário, acham que morreu e ele aparece na televisão grega! Uma loucura.

— É mesmo, uma loucura.

— Tenho a esperança de que neste verão vai ser melhor. Tomaram medidas extraordinárias. Estamos esperando um segundo cachorro. Pense bem: nossas licenças só dependem disso. Você ainda não saiu de licença, saiu?

— Nunca — disse Lul.

— Quando sair, vai ver a maravilha que é Saranda. Meninas bonitas. Usam uns biquínis cada vez menores. Sem falar quando elas ficam nos bares. As melhores são as do terraço do Grande Hotel Turizmit. Do jeito que a gente quer: olhos misteriosos, unhas pintadas...

A voz do comprido soava surda.

— Como é essa história do Tonin Vorfi? É verdade que o comandante transa com ele na lancha? E isso é permitido?

— Ora — fez o comprido. — Transa, claro que transa. As regras dizem que a lancha deve levar duas pessoas, como qualquer patrulha. O comandante às vezes leva o comissário ou algum oficial que vem inspecionar. Aí dão um passeio no mar, mas todo mundo sabe que ele fica pensando no Tonin.

— Ahn. Por falar nisso, reparei que aquela lancha não é grande coisa. É com aquela porcaria que as perseguições são feitas?

— Que nada — disse o comprido. — No começo eu também achei isso, que fosse uma porcaria. Mas é preciso ver quando colocam o motor. Ela muda num piscar de olhos. Espumeja, treme, se enfurece. É o cão, pior que o cão. Em poucos minutos ela te leva até Corfu.

— É?
— Juro.

— E depois?

— Depois o quê?

— O que acontece depois? Quero dizer: aonde ele vai com o Tonin Vorfi? Quanto tempo demora?

— Aonde? Imagine aonde eles vão. Existem duas ilhas desertas em frente a Saranda. E em terra, atrás da cidade, tem umas ruínas antigas. Você deve saber: o Teatro de Butrint. Parece que é lá que eles transam. Depois voltam. O comandante retira o motor para trancar no quarto dele, ali onde ficam os segredos militares. Guarda tudo com ciúmes, como um pão-duro guarda dinheiro. Ufa, estou quase dormindo. Que horas serão?

— Daqui a pouco vai amanhecer — respondeu Lul. — Escuta, eu queria perguntar mais uma coisa. Você disse que ele gostou de mim. Por que acha isso? Você me acha com jeito de veado?

O comprido riu.

— Nem um pouco, cara. Você não parece veado, mas isso não impede que ele fique com água na boca. Todo mundo sabe que ele tem um fraco por meninos bonitos. De quem ele ia gostar, a não ser de você? Eu, com estas pernas de varapau?

Lul Mazrek quis rir, mas não conseguiu.

6. Tempo ruim. Tempo bom

"Querido filho. Estou orgulhosa que você defenda nossas sagradas fronteiras. As coisas aqui vão muito bem. O rendimento da cooperativa dobrou na primavera. Depois da festa da colheita, o tio Jan foi condecorado. Veio uma equipe de tevê de Tirana."
— Stop!
— Stop! — gritou pela segunda vez Lul Mazrek. Não é assim que se lê uma carta de mãe. Você nem muda a voz quando passa do trigo da cooperativa para o tio Jan. Estamos falando de gente, compreende? Da dimensão humana...

Ele próprio percebeu que começara a divagar, e isso enervou-o ainda mais.

— E, você aí, não fique mais com essa cara de riso, como um débil mental. Você acabou de receber uma carta de seu amigo, contando que o playboy do povoado, Kristaq Karmell, está dando em cima da sua noiva. Tudo bem que ela disse umas tantas para aquele decadente, mas ainda assim não dá para rir. Entendeu, tapado? É a sua noiva. E se ela tivesse um momento de fraqueza pelo safado? É um ser humano.

Lul enrubesceu quando lembrou das palavras venenosas do comprido: "Lul Mazrek leva ao palco seus próprios tormentos".

Andavam meio brigados desde uns dias antes, quando o comprido pedira outra vez a carta e Lul não quisera dar. Agora o outro andava dizendo a todos o que lhe dava na telha. "Que culpa temos se andam comendo a namorada dele?" E falava que iriam ao teatro para assistir aos sofrimentos não do jovem Werther, mas sim do jovem Mazrek.

"Devia quebrar a cara desse merda", disse consigo. Voltou-se num impulso, como fazia cada vez que a porta se abria. A sala da educação cultural, onde os ensaios eram realizados, ficava encostada na dos oficiais. Dessa vez era mesmo o comandante. Lul ficou em posição de sentido. Quis dizer: "Os ensaios prosseguem, camarada comandante!", mas o outro fez sinal com a mão para que relaxasse. Seus olhos turvos nada perdiam. Lul se recriminou por ter enrubescido.

"Querido filho", retomou o soldado que lia a carta, "estou orgulhosa de você."

O comandante ouviu por algum tempo, depois saiu, como entrara, sem falar.

"Que diabo será isso", pensou Lul Mazrek. Na verdade esperara que ele aparecesse nos ensaios. Pelo menos o comprido não estava lá, do contrário quem sabe o que aprontaria aquele cabeça oca. Precisava quebrar a cara dele antes que inundasse o destacamento de mexericos.

Depois dos ensaios, deu consigo no pátio atrás do dormitório. Assim que disse ao outro que tinha um assunto a tratar, este se deteve.

— Ouça, seu merda — disse, assim que se afastaram um

pouco. — Você é um filho-da-puta, sabe? Vou acabar com você, entendeu? Espantalho de macaco! Cachorro! Idiota!

O comprido não abriu o bico. Nem quis saber o motivo da descompostura. Só suas faces glabras empalideceram ainda mais. Foi se safando, em seu grotesco capote, curto demais, a sublinhar a dimensão das pernas e o pescoço fino de galináceo, dois detalhes tão fáceis de ridicularizar.

Ao vê-lo assim, Lul subitamente apiedou-se. Nunca aquele sentimento o tocara tanto.

— Eu confiei-lhe o que tenho de mais precioso, a carta da mulher amada — disse, com voz dramática — e você pôs tudo a perder. — Lul Mazrek procurava conservar pelo menos parte de sua ira. — Você sabe que não estou falando de uma mulher qualquer, mas da minha noiva, mãe dos meus futuros filhos.

As últimas palavras, mesmo pronunciadas com ênfase, em vez de estimular sua cólera terminaram por derrubá-la. Entretanto, foram demolidoras para o outro. Seus ombros estreitos arriaram. Sem querer se dar por vencido, Lul deu-lhe as costas. Ao se afastar, pisando forte o cascalho, pensava como nunca ocorrera antes que uma tentativa de pacificação pudesse arrasar alguém mais do que um tapa na cara. "Teatro", disse consigo, com um sorriso amargo. Afetações, hipocrisia.

Antes do jantar, e a seguir, no refeitório, os olhos culpados do comprido buscaram-no com insistência. Lul evitou-os. Depois que comiam era a hora das patrulhas, até meia-noite. Assim, "os sofrimentos do jovem comprido" prosseguiriam. "Bem feito", disse consigo Lul. Pelo menos iria pensar duas vezes antes de espalhar aquelas perigosas conversas sobre o comandante. Umas conversas terríveis. Daquelas que pegam fogo num piscar de olhos, queimando a língua que fala e o ouvido que escuta.

Desde que o tempo se abrira, era a segunda vez que lhe cabia fazer a patrulha. Esperara por ela quase com alegria. Com o mau tempo, a patrulha fora quase uma tortura. A costa era um breu cheio de grotas e rochas. E o mar, pior ainda. Dava ganas de piar como a coruja, hu, hu, minha nossa!

Agora tudo era distinto. Não eram apenas as luzes cintilando ao longe, as da Albânia à direita e à esquerda as de Corfu. A própria treva mudara, era mais encorpada e sedosa, como se contivesse um suspiro. Um farol acendia e apagava na distância. Mais adiante, um sinal vermelho e imóvel. Um pouco adiante, outro, mais pálido, talvez já em águas gregas. Como não havia lua, brilhava mais forte. "Então, é assim que os Estados se vigiam", pensara na primeira vez. Com olhos vermelhos e insones, que dificilmente se distingue se pertencem a um ou a outro.

"Estou orgulhosa de você..." Ufa!...

Por sorte seu companheiro de patrulha era um rapaz caladão. Toda vez que Lul se detinha, ele também parava, sem perguntar o porquê.

Lá estava a luz do holofote. Débil a princípio, movia-se sobre o mar como uma espada de conto de fadas. Depois, ao tocar as águas, adensava-se com um brilho funesto.

Os dois se detiveram pela primeira vez. O fulgor da luz sumiu por um instante no dorso do mar. Súbito, seu movimento captou os rochedos da costa e, enfurecido, adensou-se. Quando o feixe recuou, silencioso, com sua alvura de máscara de gesso, pareceu a Lul Mazrek que ia se lançar sobre ele. Era talvez seu intento, mas no último segundo a luz mudou de sentido. Retornou ao mar e ali se aquietou um pouco, imóvel, sobre a superfície familiar das águas. Os soldados seguiram com os olhos seu cone, até que ele se libertou de novo do dorso das águas para reconverter-se em pálida espada de lenda.

Quando a luz se apagou, Lul soltou um suspiro. Toda aquela noite de maio, as luzes, o farol, os sinais rubros, que por um instante tinham sumido como se uma fera os assustasse, reapareceram um após outro.

Lul Mazrek mal se conteve para não dizer "Que medo é esse?!". Queixara-se da crueza do inverno, mas bem pior era aquela beleza volúvel, que maravilhava para depois abandonar, com o cão projetor pelas costas.

— Que horas serão?

Lul acendeu um fósforo, protegendo-o com a aba do dólmã, para ver a hora. Uma da madrugada. Dali a pouco passaria o último avião. Logo depois que passasse, chegaria a troca de guarda. O vôo ocorria sempre no mesmo horário, com a mesma débil cintilação luminosa, na mesma direção. De onde viria e para onde iria? Ninguém sabia ao certo. Talvez fosse uma linha Istambul—Buenos Aires ou então Atenas—Nova York. Diziam que só os vôos de longo percurso tinham horários tão tardios.

Quando ele apareceu, Lul seguiu-o com os olhos por um momento. Imaginou os passageiros, mulheres bonitas, com cálidas coxas ladeando o sexo adormecido. Daria metade da vida por uma delas.

Depois da passagem do avião, o céu pareceu ainda mais infinito. A multidão de estrelas se multiplicava como num delírio. Como que estimulado por elas, brotou nele um pensamento. Menos que um pensamento, era apenas o seu cerne confuso. Tanto empenho e vigilância, naquela nesga de terra, debaixo daquelas estrelas, apenas para impedir umas tantas pessoas de irem um pouquinho adiante. Só dois dedos adiante, se comparados com aquela amplidão desmedida. Cães, lanchas, holofotes, bandeiras ornadas com águias, ele próprio, Lul Mazrek, tudo para proteger aquele limite. Meu Deus do céu, como diziam os velhos, caso se tratasse de impedi-los de abandonar o planeta, ou a raça humana, tudo bem. Mas dois dedos de distância...

Os passos da troca de guarda se fizeram ouvir de longe. Agora as palavras de costume, "Nada de novo", seguidas de "Boa noite", e eles se foram na direção oposta.

— Lul? Voltou? — cochichou o comprido, quando ele se preparava para deitar. — Escute um segundo, por favor. Queria pedir desculpas.

— Esqueça — cortou Lul. — Mesmo.

— Você é animal!

"Animal", repetiu interiormente Lul, ao se acomodar sob as cobertas. Fazia pouco tempo que a expressão nova e um tanto esquisita substituíra a outra, "Você é maneiro".

Segundo o comprido, ele era animal... Quer dizer, todas aquelas coisas... estranhas, inalcançáveis... As lágrimas marcando a carta da namorada, claro, mas também o vôo da uma da madrugada... e a mudança... a ultrapassagem... e os pensamentos secretos que não se confessam a ninguém. O comprido não devia ser tão ingênuo quanto parecia.

O farol rubro sobre o mar, depois os outros sinais... olhos da Albânia, vermelhos de insônia... E os da Grécia, evidentemente, estavam todos ali, à espreita... junto com os olhos turvos do comandante... Diziam que ele ficava transtornado quando ouvia falar de alguém que cruzara a fronteira... enquanto ele próprio, ao que parecia, cruzara-a havia tempos... Quer dizer, a que substitui a fenda do sexo feminino por certo outro orifício... Parecera-lhe compreensível a primeira passagem, enquanto a outra se lhe figurava monstruosa.

Pensou nos dois, Tonin Vorfi e o outro, andando com as faces pálidas pela ilhota deserta, ali onde nenhum holofote os encontraria. Aparentemente aquela imagem o conduziu a um sonho, pois até lhe pareceu escutar os ruídos que faziam. Seria possível então que machos gemessem como fêmeas? Espere... não eram gemidos de prazer. Pareciam mais com um grito, como se um esganasse o outro. Como se um violentasse o outro. Ou, pior, como se o asfixiasse depois da violência. Enquanto a vítima pedia socorro: "Lul! Lul!".

No meio do sonho sentiu uma mão que o sacudia. "Acorda, Lul! Alarme!"

Era o comprido.

Na semi-obscuridade do dormitório, todos se agitavam. A sirene tocava como num soluço sem fim. Nunca escutara uma sirene tão horrível. Chegavam de fora outros brados selvagens. Pareciam ser do comandante.

Quando saíram, ele ainda estava lá. Dava ordens, bufava, tornava às ordens precedentes e repetia tudo de novo. "Primeira patrulha, por aqui! Segunda patrulha, por lá. Nenhuma pergunta, cumpram a ordem! Você, você e você, aqui!"

A única coisa que Lul entendeu foi que ele era um dos três "você". Ficariam ao pé do mastro. Defenderiam a bandeira. De quem? O que ocorrera? Estourara uma guerra? Lul cerrou os maxilares para que nenhuma pergunta escapasse. O sono finalmente se fora. "O que foi?", indagou ao companheiro ao lado.

— Ah, é você, comprido? O que foi?

— Não entendi. Talvez uma fuga. Olhe o mar.

A luz do holofote escorregava furiosamente na superfície sombria das águas. Os gritos do comandante agora chegavam de longe. Ouviu-se a palavra "cachorro". Logo depois viram o soldado partindo às pressas com o cão na direção da costa. "Deve ser uma fuga", disse o comprido.

O comandante apareceu de novo. Tinha os olhos velados. Deteve-se por um momento, depois foi para a sala dos oficiais. Viram que ele saía levando uma coisa negra nas mãos. "O motor do barco", comentou o comprido, "não contei que ele o mantém trancado?"

Pouco depois escutaram o barulho da lancha que partia.

"Toda vez que acontece uma fuga é isso", disse o comprido. "Fica todo mundo nervoso."

Lul Mazrek não compreendia direito onde estavam procurando os evadidos, se em terra ou no mar. "Nos dois", esclareceu o outro.

Os ruídos no posto de fronteira iam amainando. "Partiram todos", pensou Lul pouco depois. Ergueu os olhos para o mastro. Teria acontecido alguma vez de os evadidos levarem a bandeira consigo? "Ah, não", respondeu o comprido. Mesmo assim o regulamento exigia que, de qualquer maneira, houvesse o que houvesse, a bandeira fosse defendida.

O projetor, que passara um tempo desligado, foi aceso outra vez. "Ainda procuram", disse o comprido.

Lul sentia sono. "Ainda procuram", repetiu consigo. Patrulhas, holofote, cachorro, lancha... Assim o procurariam um dia...

Aquele pensamento deixou-o atônito. Era a primeira vez que confessava a si mesmo aquilo que por semanas a fio permanecera como uma bruma em seu íntimo.

Sentia mais acima o farfalhar da bandeira ao vento. A águia negra no centro do estandarte parecia estar entendendo tudo e se agitava cheia de cólera. Ela seria a última a soltar a presa num caso de evasão. Acompanharia os fugitivos mesmo quando os outros tivessem desistido, como um grito de advertência ou remorso.

Sobre o mar anunciava-se o dia. Ao amanhecer, uma das patrulhas voltou. Depois de um intervalo, outra. O comissário trazia a cara amarrada. Tonin Vorfi mal se agüentava nas pernas. Por fim voltou o soldado do cão. Trazia um curativo improvisado no braço. Também o cão mancava. Deviam ter tombado em alguma grota. Ninguém ousou perguntar o que acontecera.

Lul Mazrek também estava exausto. Um ruído familiar penetrou em sua sonolência. "A lancha", pensou. Era ela. Viu o comandante caminhar para a sala dos oficiais com algo negro nos braços. "Tranca, tranca o motor, unha-de-fome", gritou silenciosamente.

O outro saiu logo depois e veio na sua direção. De longe parecia embriagado. Tirara o quepe, e os cabelos desalinhados pelo vento davam-lhe um aspecto assustador. Quando se aproximou, apareceram seus olhos avermelhados, como se tivesse chorado. Observou-os assumirem a posição de sentido, primeiro o comprido, a seguir Lul Mazrek. "Escaparam", disse com voz abatida. Mordeu os punhos, soltou um suspiro e repetiu num soluço: "Escaparam!".

Lul Mazrek não acreditava no que via. O outro estava mesmo soluçando bem diante deles. Assim lacrimejante, tinha um olhar insustentável. Lul não sabia o que fazer. "Não me olhe deste jeito!", quis bradar, "não sou eu..."

Evidentemente ele não era a pessoa mais adequada para confidências...

Um som trovejante, ao longe, fez o comandante erguer a cabeça. "O helicóptero", disse em voz baixa. "Os gregos... Com certeza estão procurando os que se foram."

Pouco depois o helicóptero se mostrou por um instante. Voava lentamente sobre a linha da costa, tal qual um pássaro negro. "Parece ser um dos nossos", disse o comandante.

Lul Mazrek sentiu uma angústia. Só faltava um helicóptero naquela multidão de perseguidores. Entorpecido como estava, quase acreditou que a águia da bandeira deixara o tecido para se metamorfosear em helicóptero. Buscava-o, assim, antes de condená-lo à insônia ou ao arrependimento...

"Parece nosso", repetiu o comandante. "Nosso, claro", acrescentou pouco depois. "O helicóptero do ministro. Ele mesmo, só pode ser."

Não dava para adivinhar se ele achava aquilo um bom ou mau presságio.

Acompanhou o aparelho com os olhos por um tempo, depois, sem nada dizer, seguiu para o prédio dos dormitórios. "Parece que pirou", disse o comprido. "Nem se o Tonin Vorfi tivesse escapado ele ficaria assim."

Lul não respondeu. Seguia com os olhos o vôo do helicóptero, tentando imaginar como seria ver a terra lá de cima.

Inclinado sobre a janela, o ministro do Interior olhava para baixo. Diante dele, o oficial de ligação se ocupava do rádio. "Como? Vasculharam a ilha? Nenhum sinal?", voltou-se para o ministro: "Nenhum sinal na ilha".

O ministro nada disse. Continuava com os olhos postos nas escarpas da costa. "Você bem podia ter escolhido outra hora, miserável", dirigiu-se silenciosamente ao desconhecido que fugira.

Tinha sono. Fora dormir à uma da manhã e às três o telefone tocara. Às quatro saía de casa, acompanhado pela segurança. Meia hora mais tarde estava voando rumo ao sul. As cidades e os povoados desapareciam um após outro, transidos de sono. Nuvens imóveis branquejavam no horizonte. Imaginou como estariam os cenhos do grande dirigente dentro de duas horas. Junto com o café-da-manhã receberia a má notícia. A primeira andorinha... hum... o primeiro corvo se fora. Para estragar o seu dia, quem sabe toda a semana.

"Miserável dos miseráveis, podia ter esperado um pouco", murmurou.

O oficial de ligação continuava em contato com a terra. "Como? Pensam que escapou? Que retornou? Repita: escapou ou retornou? Como? Existe também a possibilidade de ter se afogado?"

O ministro estremeceu e se voltou para o oficial. Suas faces intumescidas de sono se animaram. Fez um sinal com a cabeça para o outro.

"O camarada ministro deseja ter a sua opinião: foi-se ou afogou-se? Como? Fale mais alto. As duas possibilidades? Ufa, não escutei nada, repita. Quer dizer que acredita mais no afogamento. Como? O que impede? Ah, o cadáver..."

O oficial arrancou os fones dos ouvidos. "Camarada ministro, é a questão dos cadáveres. Não havendo cadáver..."

"Eu sei", disse o ministro. Um mês antes, o cadáver fora cair no seu colo. Não sabiam o que fazer com ele. Agora, mesmo que matassem meia dúzia, não achavam um corpo. Só se roubassem um no necrotério...

"Desça", disse ao piloto. "Já nos enjoou demais."

A pequena base militar apareceu ao longe. À direita ficavam as duas ilhotas desertas. À esquerda, a cidade mal começara a despertar. Os furgões de leite se alinhavam nas ruas laterais. Dois excêntricos tomavam banho de mar diante do Hotel Turizmit.

O ministro bocejou. Teria tempo para descansar um pouco até a reunião com os quadros, à tarde. Senão, perderia o rumo das idéias.

No carro que o conduzia à casa que lhe fora reservada, deixou tombar a cabeça outra vez. "Queridos camaradas...", dirigiu-se imaginariamente aos participantes da reunião: "Comunistas, oficiais, comissários... Nossa deliberação sobre evasão zero é um compromisso histórico... E vocês, senhores vagabundos e safados, ouçam-me com atenção...".

Aquilo que pouco antes lhe pareceria fruto da loucura, a idéia de reunir na mesma sala perseguidores e perseguidos, parecia-lhe natural em meio à sonolência. "Ouçam-me, portanto, seus safados, se é que não querem dar com os costados no fundo do mar. Pois, como disse Aquiles na *Ilíada*, nunca houve paz entre o leão e o bicho homem. Nem entre o lobo e a ovelha. Mesmo assim, ouçam-me... Não poderiam ter esperado um pouco mais, seus merdas?"

O ministro balançou a cabeça. Que maluquices eram essas que acudiam à sua mente? Qual era o problema, uns merdas a mais? "Caia em si", pensou. Mesmo assim, no instante seguinte, aquilo que não ousaria sussurrar a sua própria mulher aflorou em sua mente. "Venham ver se podem comigo, seus merdas. Vamos partir para a briga, arranquemos os olhos um do outro. Mas a Ele, não podem poupar? Não podem esperar um pouco para não encher de fel os poucos dias que lhe restam?"

"Cachorro", disse consigo, e balançou a cabeça outra vez. Caipira traiçoeiro. Teria enlouquecido a ponto de pedir misericórdia àqueles animais? E, como se isso não bastasse, confiar-lhes o maior dos segredos de Estado, a doença do Dirigente? "Cachorro", exclamou novamente. "Merece chumbo, mais ainda que aquele outro na cela."

A sala de oficiais da base naval estava lotada como quase nunca acontecia. Havia quase tantos civis como militares, ou até mais. Quadros do Partido, mães de mártires, heróis do trabalho socialista que já cumpriam tarefas do ano 2000, inventores, pintores, mães de prole numerosa. Os veteranos haviam posto as medalhas da guerrilha. Todos aguardavam em silêncio as palavras do ministro.

"Como já devem saber", iniciou ele com voz pausada, "hoje, antes mesmo do amanhecer, o inimigo tentou golpear-nos. Uma tentativa de evasão ocorreu, às duas horas da madrugada. Tenho a satisfação de anunciar, irmãos e irmãs, que a tentativa frustrou-se."

Uma densa e prolongada salva de palmas encheu a sala de ponta a ponta. Parte dos presentes tinha lágrimas nos olhos.

"Os inimigos irão dizer o contrário", prosseguiu o ministro. "Tentarão espalhar que não o apanhamos. Como última esperança, correrão em busca da televisão grega. Mas eu os aconselharia a não se desgastarem à toa."

O ministro aguardou o fim da nova salva de palmas.

"Os boatos dos inimigos tentam criar confusão e solapar espiritualmente as pessoas, estimulam a descrença no socialismo, a fim de provocar novas evasões."

Na sala ecoaram gritos: "Abaixo o inimigo de classe!", "Vamos arrastar os corpos como em Tepelena!".

O ministro fez que não escutou. "Em nome do Comitê Central, quero exortar o povo de Saranda a manter elevado o espírito revolucionário. Em nome do secretário-geral e no meu, desejo recomendar a nossos soldados..."

Gritos de "Partido, Enver, estamos sempre prontos!" não o deixaram concluir a frase.

Depois do ministro, falou o primeiro-secretário da cidade. "Os gregos mal esperam para pescar algum desses nossos miseráveis para exibi-lo na televisão. Nosso país, camaradas, nossa maravilhosa Albânia socialista, nunca faz proselitismo com tais coisas. E não pensem que não chegam a nós pessoas evadidas do mundo capitalista e revisionista. Aqueles que buscam asilo político entre nós não são vagabundos nem miseráveis, mas figuras brilhantes da nossa época. Permita-me, camarada ministro, mencionar aqui alguns nomes ilustres que buscaram asilo e defesa em nossa pátria socialista: o presidente do Partido do Trabalho da Polônia, camarada Mihail K.; o membro do escritório político do Partido Comunista Brasileiro, João Mississipi; o membro do Comitê Preparatório pela Fundação do Partido Comunista da Ucrânia, camarada Burja, nome que significa 'Tempestade'; o revolucionário congolês Laurent Desiré Kabila; o editor marxista-leninista sueco Nils Andersen; o antropólogo progressista grego Yanaq Megapidhi; o camarada Trudhamanutra de Bangladesh, o camarada..."

O anúncio de cada nome era acompanhado de aplausos. Ao término da lista eles se prolongaram tanto que quando finalmente o presidente da Associação dos Veteranos, que se erguera para falar, tomou a palavra, teve um momento de confusão e bradou bem alto: "Que a memória deles viva para sempre!". Depois, aparentemente caiu em si e pronunciou o mesmo discurso que fizera um ano antes, numa reunião similar: "Nós, veteranos da guerra de libertação, estamos prontos a ganhar de novo as montanhas, tal como outrora, quando entramos na guerrilha, pelas grimpas e bocainas, para protegermos a fronteira".

Depois dele pediu a palavra o representante da minoria. "Nós, da minoria grega, vivemos felizes aqui. Não entendemos como tem gente que não quer viver na Albânia."*

Falaram a seguir uma mãe de mártir, a vice-presidente da União de Mulheres, um tradutor idoso da *Eneida*, um soldado da região da Myzeqéia, um escultor.

"Os inimigos burgueses-revisionistas, que não nos deixam em paz, fariam melhor caso se ocupassem de seus próprios problemas. Se um joão-ninguém se vai de nossas fronteiras, eles soltam foguetes, enquanto fazem que não enxergam aquelas centenas que todos os dias atravessam o Muro de Berlim. Para não falar da Muralha da China, por onde passam, com toda certeza, muitos milhões."

"É melhor concluirmos por aqui", disse baixinho o minis-

---

*A população da província de Saranda compreende uma comunidade de nacionalidade grega. (N. T.)

tro para o primeiro-secretário. "Do contrário, não sei quantas idiotices mais ainda teremos de ouvir."

Terminada a reunião, o ministro telefonou outra vez para Tirana. As notícias eram boas. Nenhuma evasão pelo lago de Shkodra. Nenhuma nos dois lados do Leste. Com uma só exceção, nos Montes Malditos, toda a fronteira com a Iugoslávia estava tranqüila. Um grupo de anciãos passara para o outro lado, mas para assistir a um funeral. Depois de esforços vãos para impedi-los, fazia alguns anos que se fechavam os olhos para as idas e vindas em razão de casamentos ou enterros.

Depois do almoço o ministro saiu para uma pequena caminhada. A cidade pareceu-lhe animada e bonita. Os lugares à beira-mar estavam lotados. Dois ônibus estacionavam diante do Grande Hotel Turizmit. Turistas estrangeiros estavam desembarcando de um deles. Devia ser a excursão de holandeses de que tanto se falava havia três meses.

O ministro voltou para beber um café no terraço do hotel. Assim que entrou, reparou no chefe da *Sigurimi* numa das mesas. Os assessores do chefe estavam um pouco afastados. Como o recém-chegado fez que não os conhecia, permaneceram sentados. Sentia-se uma espécie de tensão no café. "Certamente desembarcaram todos os agentes por causa dos holandeses", pensou.

Fez sinal para que um dos guardas se aproximasse. "Ouça", disse, baixo, "chame para mim o agente do hotel."

O agente materializou-se um minuto depois. Tinha feições ossudas, com uns olhos que imploravam perdão. Assustado, movia o pomo-de-adão furiosamente para cima e para baixo.

O ministro fez sinal para que ele se sentasse.

— Todo dia vocês entopem assim os cafés com nosso pessoal? — indagou, sem ocultar o nervosismo.

— Camarada ministro... como direi... Talvez hoje seja um dia excepcional... apesar de...

— Sei o que você vai dizer: turistas estrangeiros etc. Vá oferecer essa conversa mole a outro, entendeu? E agora encontre um jeito de fazer com que todos se evaporem o quanto antes.

— Pois não, camarada ministro!

Mais tranqüilo, sorveu o café devagarzinho, sem olhar para as mesas que se esvaziavam aos poucos.

Seu olhar foi atraído involuntariamente para uma moça que o fitava com curiosidade. Estava sozinha, duas mesas adiante. Usava óculos escuros e um chapéu de palha que lhe assentava muito bem, com uma fita azul.

"Diabo", comentou consigo, desviando os olhos imediatamente. Iriam dizer que ele expulsara os outros para poder admirar com tranqüilidade as meninas bonitas do café. Bebeu o que sobrara de sua xícara e levantou. Ao sair, sentiu que a moça o seguia com os olhos.

Assim que chegou à casa que lhe fora reservada, disseram-lhe que o comandante de uma das unidades de fronteira solicitava uma audiência. "Ele insiste que é importante", disse o assessor, quando viu o outro franzir o cenho. "Serão apenas dois minutos."

O ministro aquiesceu com a cabeça.

Quando o oficial entrou na sala de estar, o rosto do ministro fechou-se ainda mais. Não gostava quando alguém insistia em lhe falar. Além do mais, as feições manchadas do outro lhe pareceram pouco confiáveis.

— Estou ouvindo — disse com voz gélida. — Apenas seja breve.

— Como queira, camarada ministro. Sou o comandante do posto fronteiriço número 44. Hoje, ao ouvir suas palavras, ocorreram-me algumas idéias. Para dizer a verdade, faz tempo que as venho remoendo.

— Mais breve — cortou o ministro.

O outro respondeu que sim. Resumiria ao máximo. Diria algo extremamente delicado. Se estivesse errado, que o punissem. Pedia apenas para ser ouvido. Sobre as preocupações do Estado, as preocupações do ministro com as evasões, ele acreditava que as coisas não iriam permanecer naquilo. Novas fugas ocorreriam. Voltaria a acontecer a busca de culpados. E, junto com isso, reapareceria a demanda de cadáveres. Ora, os corpos estavam ali, debaixo da terra. Na ilhota. Na época não soubemos apreciá-los. Agora estão decompostos, não haveria como utilizá-los. O inimigo insistiria: "Onde estão os cadáveres?". E nós mais uma vez não teríamos como achá-los. Ele quebrara a cabeça com aquilo. O camarada ministro poderia puni-lo por seu julgamento, poderia algemá-lo ali mesmo, mas ele tinha o dever de falar.

— Fale então — o ministro quase gritou, mas acrescentou com seus botões: "Este ruivo é um bruxo". Ninguém até ali adivinhara tão claramente o que lhe ia na cabeça.

O oficial falou. Seus olhos adquiriam um brilho gélido. As mãos, que a princípio se agitavam inquietas, pareciam petrificadas. Um matiz de cera descolorira-lhe as faces.

Quando acabou da falar, permaneceu no mesmo lugar, como se o tivessem amarrado.

— Ouça — disse o ministro, em tom baixo. — O que você me disse aqui, deve levar para o túmulo. Não respondo que sim nem que não. Apenas o advirto: caso souber que andou falando, esmago-o.

Ao sair para o jardim da casa, o comandante da unidade pôs-se a andar cada vez mais depressa. Ao chegar à avenida à beira-mar, quase corria.

Uma embriaguez inusitada enchia-lhe o peito. Imaginou-se como herói, sob os flashes dos fotógrafos. Depois, ministro do Interior, em um helicóptero que sobrevoava a costa, enquanto ele, de chibata em punho, interrogava o ministro recém-demitido. "Nem sim nem não, é? Agora vamos ver este seu nem-sim-nem-não." Consciente de não ter dó de ninguém, nem de si mesmo, não se surpreendeu no instante seguinte ao se imaginar acorrentado. Dessa vez era Tonin Vorfi que fora nomeado ministro e o interrogava. "Aquele grande segredo, por que o confiou não a mim, mas a Lul Mazrek? Foi só ele chegar à unidade e você se afastou. Deixou-se atrair por ele, por ser artista ou..." Ato contínuo, imaginou os dois, estendidos lado a lado, frios e belos, na ilhota onde de antemão tinham cavado suas covas.

Quando chegou à unidade, sentia-se exausto. Os brados que acumulara no cérebro enquanto se aproximava — "Que baderna é esta? Uma noite de alarme não bastou para abatê-los?" — congelaram em sua garganta. Longe de constatar qualquer indício de baderna ou relaxamento, percebeu que na sua ausência a disciplina fora reforçada. No campo de treinamento ao lado ouvia-se a voz de um dos suboficiais: "De bruços, de pé, sentido, alto!".

O soldado do cão, apesar do curativo no braço, exercitava o animal mais adiante. Dois outros soldados, sujos de tinta, refaziam as linhas do campo de vôlei. Outro inscrevia com a brocha, sobre a porta do dormitório: "Diretiva do Partido: nenhuma evasão!".

"Hum", fez o comandante. Só lhe restava gritar: "Que otimismo é este?".

Compreendeu o porquê um minuto depois. O comissário notificou-o de que o assessor do ministro telefonara uma hora antes para fazer as últimas recomendações: que se mantivesse o moral elevado. O inimigo mais uma vez fracassara. As tropas da fronteira eram a dileta proteção da pátria. Em breve haveria condecorações. As licenças seriam retomadas no dia seguinte.

O comandante nada disse. Correu os olhos pelo dormitório, depois pelos sanitários; por fim entrou no galpão dos ensaios de teatro. Fez sinal para que prosseguissem, enquanto permaneceu, como da outra vez, de pé e em silêncio.

Quando acabaram, cumprimentou um por um, em especial Lul Mazrek.

— Escute, artista — disse-lhe. — Acho que sabe que aqui perto fica o teatro antigo de Butrint. Amanhã, que é domingo, vou levá-lo até lá na lancha para que o veja de perto.

Lul Mazrek mordeu os lábios, enquanto tinha a sensação de que começava a tremer.

Todos dormiam como mortos, exceto ele. Lul Mazrek nunca pensara que depois daquela noite insone do alarme, chamada por todos "Noite do Inferno", ele não conseguiria pegar no sono. Por duas vezes levantou-se para urinar. A noite estava pontilhada de estrelas, mas sem lua. A sala dos oficiais negrejava. "Bruxo", disse consigo, pensando no comandante. Fizera-lhe a bruxaria enquanto ele próprio dormia. Era de se supor que em casos como aquele tanto quem convidava como quem era convidado mantinham suas desconfianças. A única diferença era que, enquanto Lul Mazrek estava quase certo do desejo do outro, o oficial dificilmente poderia imaginar o que se passava no cérebro do recruta. Ilha deserta. Ninguém. "Entra em cena a morte, termo de nossos dias." Qual soneto de Shakespeare começava com aquele verso? Achava que era o 59º, ou talvez o 60º.

Tinha certeza de que o outro arquitetara algo para acontecer na ilha deserta. A excursão de lancha até o teatro não poderia ser mais que um estratagema de aproximação. Os dois aguardariam o dia para irem à ilha. Tanto um como outro precisavam de terra firme. Não, aquilo não poderia acontecer no passeio de amanhã. Não assim tão depressa.

Aquele último raciocínio subitamente o tranquilizou. Virou-se e logo adormeceu. No sonho que teve julgou ver placas rodoviárias: Quilômetro 60; a seguir, 59.

Ao acordar, esfregou as faces por um tempo, para não mostrar sua palidez. O outro poderia deduzir que se apaixonara... Não devia exibir nenhum sinal de atração, nem de aversão.

O percurso do treinamento matinal foi difícil. Rastejar sob cercas de arame farpado. Saltar obstáculos. Todos se enlamearam da cabeça aos pés. Lul se convenceu de que o comandante esquecera a promessa.

Não acreditou em seus ouvidos quando o outro o convocou ao fim do treinamento. Com um sorriso amarelo, apontou o uniforme enlameado. Não acrescentou as palavras "Não se pode ir ao teatro assim", mas o comandante, como se as tivesse ouvido, riu.

Havia instalado o motor na lancha e agora dava instruções ao comissário. Depois fitou o outro nos olhos e disse:

— Vamos, artista.

Era a segunda vez que Lul Mazrek subia num barco. A primeira acontecera no lago de Pogradets, durante umas férias. Também na época não gostara, mas agora parecia-lhe pior ainda. Tinha razão em não tirar a ilha da cabeça.

— Suba — disse o oficial. — Não tenha medo. Quando ela está em movimento, não oscila. Desliza como uma gaivota.

Lul Mazrek envergonhou-se de sua confusão. Depois sentiu raiva: por que deveria se esforçar para causar boa impressão? "Você não é um parceiro, como ele pode pensar. Você não passa de um... assassino."

Esticou as pernas com desenvoltura e apoiou um cotovelo

na borda. O comandante, ocupado com os remos para fazer a embarcação se afastar do cais, não o olhava.

Quando o motor funcionou, a lancha de fato deslizou como uma gaivota. Afastaram-se da margem e então algo se libertou no cérebro de Lul Mazrek. Tudo ficou leve, fácil, arejado e harmonioso. Até a cena de seu duelo mortal em um canto insular agora se transfigurava nos movimentos de um balé. "No barco é impossível", disse consigo. Poderiam se afogar os dois. Além do mais, mesmo que lançasse o outro pela borda, ele não saberia conduzir a embarcação.

Enquanto o comandante apontava com o dedo ora para Corfu, ora para a igrejinha erguida sobre um rochedo, bem no meio das águas, pertencente à Grécia, ele, de soslaio, olhava a outra mão, que segurava o leme. Vez por outra parecia-lhe distinguir sinais das dores da véspera. Assim ele morderia de novo os punhos após sua partida. E com fúria duplicada, já que o fugitivo seria ao mesmo tempo um cidadão e um caso seu.

Diante de Saranda, o comandante estendeu-lhe um binóculo. Um após outro, ele observou a calçada com suas palmeiras, os cafés e as coloridas barracas dos veranistas. No terraço do Grande Hotel, conteve a respiração. Distinguia as pessoas. Pareceu-lhe até que, caso se concentrasse um pouco mais, veria os copos com bebidas geladas e os óculos de sol das mulheres.

— Meu sonho é tomar um café no terraço do Hotel Turizmit — disse ao outro, ao devolver-lhe o binóculo.

O oficial sorriu.

— Vai tomar — respondeu. — Hoje mesmo, se quiser. — Seu rosto reteve uma ponta do sorriso. — À tarde, escolha um camarada e vamos lhe arrumar uma licença.

Lul Mazrek não sabia como expressar seu reconhecimento. Lançou-lhe um olhar adocicado, enquanto por dentro sentia se cruzarem o descontentamento consigo mesmo e o temor.

Os olhos do outro também o fitaram longamente. "Agora ele vai falar", pensou Lul. Não tinha a menor idéia sobre como seria uma declaração de amor homossexual.

Os olhos do oficial se encheram de uma forte luminosidade, depois se apagaram. Pareceu a Lul que se aquela opacidade prosseguisse mais um pouco os cegaria.

— Lul, vou lhe confiar uma coisa — disse em voz baixa. — Só que mais tarde. Mais tarde...

Os dois contemplavam a crista das ondas. Só faltava um deles tocá-las com a ponta dos dedos para formarem a imagem de um par romântico. "Mas que coisa horrorosa", exclamou consigo Lul Mazrek.

Seguiam ao longo das ilhotas desabitadas. Era a primeira vez que Lul as via de perto. Deu-lhe vontade de gritar: "O que está acontecendo comigo?". De onde tirara que era ali que os evadidos se escondiam na véspera da fuga? E, mais ainda, como sabia que os cadáveres estavam ali, debaixo da terra?...

Precisou sacudir-se para se dar conta de que nada sabia. Que quem falava dos cadáveres e de tudo que tinha a ver com eles era o comandante, num murmúrio, como se falasse de ocultos tesouros subterrâneos.

— Como lhe disse, um dia iremos até lá... mas para outra coisa — prosseguia o oficial.

"Claro", pensou Lul Mazrek. "Ele na certa tem um fraco por fazer amor entre cadáveres, como bom psicopata. Pobre de mim", lamentou-se interiormente, mas no instante seguinte tratou de se tranqüilizar. Não tinha motivos para se torturar com aqueles pensamentos sinistros. Outros tinham se disposto a cometer crimes para fugir.

A voz do oficial arrancou-o do torpor.

— Agora, como prometi, vamos ver o teatro antigo.

A lancha deixara as ilhotas para trás e deslizava rápida para o sul. Lul Mazrek provava outra vez um sentimento de liberdade absoluta. A leveza da velocidade o embriagava novamente. "Como uma tartaruga que se desembaraçou da carapaça", pensou. Era como um sonho entre dois mundos.

O comandante lhe dera de novo o binóculo.

— Está vendo a torre veneziana? O teatro é mais embaixo. Daqui se avistam visitantes. Com certeza são os turistas holandeses.

— Estou vendo — disse Lul com voz apagada.

— Como deve saber, primitivamente Butrint chamava-se Buthrotum — disse o oficial. — Não conheço bem a história. Sei apenas que Eneu, um príncipe de Tróia, fugindo após a queda da cidade, desembarcou aqui antes de seguir caminho para fundar Roma.

Lul fez que sim com a cabeça. Ele sabia. Tróia no Oriente, Roma no Ocidente, enquanto Butrint ficava no meio. Assim tinham ensinado na escola.

O outro riu.

— Eu, como oficial da fronteira, tenho minha explicação, que é mais simples: tudo se resume a uma história de fugas, que prossegue há três mil anos. — Lul também se esforçou para sorrir. — A única novidade é que naquele tempo, quero dizer, no tempo dele, Eneu, eles fugiam de lá para cá, enquanto agora acontece o contrário.

Lul Mazrek não sabia para onde dirigir os olhos. Por fim eles se fixaram nas mãos do outro sobre o leme. Pensou distinguir novamente as marcas das mordidas.

Na volta, quando se aproximavam da unidade de fronteira, a lancha foi perdendo velocidade. Na pequena enseada ela deu um tranco, como se desmaiasse, lançou uma baforada de combustível e pôs-se a flutuar como um cadáver sobre as águas. Lul ajudou o comandante a acorrentá-la na pilastra de ferro. Depois,

como quem arranca-lhe a alma, o comandante retirou o motor.
Quando entrava na sala dos oficiais, disse, sem voltar os olhos:
— Não esqueci aquela história da licença. Você vai ver que sempre cumpro o que prometo. Para o bem e para o mal — acrescentou pouco depois.

Lul Mazrek não soube o que responder.

Duas horas mais tarde, os dois, ele e o comprido, se apressavam ao longo da rodovia. O sol do início de tarde parecia ter cegado o mundo. Os caminhões rareavam. Por fim um deles se deteve para dar-lhes carona.

Quando desceram na cidade, a primeira coisa que fizeram foi achar um café. "Parece que a cerveja está gelada, estamos com sorte", disse o comprido.

Esvaziaram os copos de cerveja de um trago, no balcão. Duas meninas que tomavam sorvete, de pé, sorriam maliciosamente.

— São para nós, essas risadinhas? — provocou Lul, e uma delas respondeu:

— Claro, para quem mais?

— Você é animal — murmurou o comprido, cheio de admiração.

Depois Lul Mazrek perguntou às meninas qual era o trabalho delas e uma respondeu: gozadoras.

Quando iam embora, Lul Mazrek apertou a ponta do nariz daquela que falara, como se faz com um bebê, enquanto o comprido se espantava de ver que o outro, em vez de aproveitar a oportunidade, limitava-se a dizer "Nos vemos no domingo".

Andaram um tempo pelas pequenas praias. A cada momento o comprido soltava interjeições deslumbradas.

— Veja só aquela ali, uau, que bunda! E repare naquela ou-

tra, minha nossa, que vontade de beliscar aqueles peitos. Minha mãe, que pernas.
— Você é completamente tarado — disse Lul.
— Sou assim. Morro por um pedaço de mulher.
— Eu também, mas não assim como você.
— Ah, não me faça chorar... Você tem sorte.
Lul abriu um sorriso.
— Ria, ria — prosseguiu o comprido. — Tem motivos, irmão. Você na sua, eu na minha.
— Não se chateie — disse Lul —, hoje empresto de novo a carta.
— Verdade?
— Verdade.
— Você é animal — disse o comprido, e abraçou-o.
Estavam diante do Grande Hotel. Da rua se avistava o peitoril do terraço. Por entre as flores que o guarneciam, podia-se distinguir a cabeça dos veranistas. Lul Mazrek sentiu um aperto no coração. Correu os olhos pelo dólmã e pelas calças do outro; depois, voltado para o terraço, disse, como se lhe confiasse um segredo:
— Tenho uma coisa para resolver ali...
O outro arregalou os olhos de espanto:
— Uma coisa — repetiu Lul, apontando com um gesto o terraço. — Dê uma volta pela cidade e daqui a uma hora nos encontramos aqui. Certo?
— Se é assim, irmão, tchau — disse o comprido.
Com passos lentos, que de repente passaram a lhe pesar, Lul Mazrek subiu as escadarias do hotel e entrou. Buscando ocultar sua confusão, caminhou pelo saguão no sentido de uma das portas de vidro que conduziam ao terraço.

Do inquérito posterior

VIOLTSA MORINA: *Se não me engano, foi no quarto dia depois que me instalei no hotel que o conheci. Não sei dizer por que ele me atraiu a atenção assim que olhei para a entrada. Talvez meus olhos tenham se movido sem querer, como acontece muitas vezes quando se está sozinha num café. Lembro que disse a mim mesma: "Quem será aquele soldado de olhos tão tristes?". Meu irmão mais novo estava no Exército, e tanta tristeza fez com que eu pensasse nele, como ocorria toda vez que eu via soldados na rua.*

Enquanto isso, ele sentou na mesa ao lado. Era bonito e a tristeza que mostrava nos olhos era do tipo que me agradava, não o desalento de um espírito fraco, mas uma melancolia viril, inquieta e forte.

Mesmo assim, nem a aparência nem o uniforme seriam um motivo para eu me aproximar dele. Havia muitos rapazes bonitos por ali, enquanto o fato de ele ser soldado e, mais ainda, soldado da guarda-fronteira, longe de estimular, repelia a aproximação.

Permitam que eu explique as coisas em termos simples: eu estava no hotel em missão, para localizar candidatos a evadidos. Em outras palavras, graças à missão eu tinha licença para manter encontros e fazer amor, mas apenas com eles, os contestadores do Estado.

O soldado que eu conheci não só não se enquadrava nessa espécie como era um militar da guarda-fronteira, ou seja, do campo contrário. Éramos os dois, ele e eu, defensores do Estado. Em outras palavras, pertencíamos à mesma família. Fazer amor com ele seria mais ou menos como praticar incesto, se é que não faço um paralelo exagerado e que o termo pode ser usado em sentido político.

7. Amor

Tal como nos outros dias, Violtsa Morina, depois do desjejum, sentou-se no terraço do hotel para um café. Desde que ela chegara, todos os dias tinham sido bonitos, mas aquela manhã superava tudo. Era tão clara e resplandecente que dava aflição.

Enquanto tomava o café devagar, seu olhar se deteve por um instante nas flores recém-regadas sobre o peitoril. Melancólica, como se tomasse de empréstimo o luzir das pétalas como lágrimas, Violtsa percorreu com os olhos a costa, junto com uma faixa do céu e do mar. Não, não poderia ser mais bonita. Sentiu outra vez um estremecimento. Uma perfeição tão extremada só poderia levar à catástrofe.

Súbito notou que estava sentada na mesma mesa da véspera, quando encontrara o soldado. Sorriu consigo ao concebê-lo em duas imagens: rastejando pela lama sob os gritos do comandante psicopata e, simultaneamente, no palco declamando a *Eneida*.

Como na noite que passara, sua mente se deteve com deleite na conversa a dois e sobretudo no momento da despedida.

A manhã parecia feita de encomenda para o começo de uma história de amor. Pareceu-lhe que os lábios esboçavam um trejeito de desaprovação. Falar de amor seria exagero. Mas outra palavra também não se ajustaria.

Reparara que, quando um encontro ocorria à tarde ou no crepúsculo, era a noite que ditava seu destino. Ali, na treva inexplicada, definia-se se ele iria ganhar corpo ou fenecer aos poucos.

"Talvez nem uma coisa nem outra", disse consigo. Era, quem sabe, aquela manhã que a fazia acreditar em fantasias.

O que não a impediu de reproduzir mentalmente, pela terceira ou quarta vez, os últimos momentos que tinham passado juntos. Com o rabo dos olhos ela acompanhara como o outro, enquanto olhava o relógio, tragava com sofreguidão o cigarro, como se um mecanismo impalpável concatenasse aquele gesto com a marcha dos segundos. Quando por fim ele disse que precisava ir, seu rosto empalideceu e voltou a ficar triste, mas de uma tristeza que trazia abismos nos olhos.

De sua experiência com os homens ela concluíra que pertenciam a duas categorias: os que gastam à toa tudo que ganham; e os outros, que tudo conservam. Aquele, apesar da boa aparência, pertencia à segunda espécie.

O rapaz se espantou quando ela disse que, como eles estavam no hotel, e portanto, de certa forma, na casa dela, desejaria pagar os cafés. Algum tempo depois, quando lhe disse que queria acompanhá-lo até a calçada, as feições dele quase se contraíram de sofrimento. Havia naquela crispação uma alegria mesclada de perplexidade que logo se converteu em pavor.

Ela pôs o chapéu com a fita azul e foi a primeira a levantar-se. Sentiu que o outro percorreu-lhe o corpo ao vê-la pela primeira vez de pé. Sabia que ficava bonita com o vestido leve e as sandálias brancas de cortiça. Por isso mal esperara aquele momento.

Depois, ao lembrar daquela tarde, não pudera definir exatamente o que a levara a se erguer e acompanhar até a calçada um jovem desconhecido, ao qual nada a ligava. Aparentemente fora um desejo remoto, nascido de leituras e filmes: acompanhar alguém ou ser acompanhada.

Na calçada, o amigo do soldado, um altão, esperava-o com olhar aturdido. Cumprimentou-a, murmurando alguma coisa, depois ficou uns passos afastado, enquanto os dois caminhavam na frente.

À margem da rodovia, a moça se deteve. "Então", sorriu, "volto daqui."

O abismo nos olhos do outro retornou. "Fique mais um pouco. Por favor. Não vá embora."

Nenhuma daquelas palavras foi pronunciada. Mas elas estavam ali, acompanhadas de dezenas de outras, ou de suas sombras, ou figurações, bem no meio do silêncio.

O sorriso desapareceu das faces da moça. Ela deu um passo na direção dele, levou a mão à sua nuca e beijou-o no canto dos lábios.

Era a primeira vez na vida que agia assim com um rapaz que acabara de conhecer.

O soldado continuou ali, como que eletrocutado.

— Você vai aparecer domingo? — perguntou ela com voz doce. — Vou esperá-lo à mesma hora.

Confuso, ele conseguira articular que faria o possível. Domingo, claro. Se não no próximo, no outro com certeza.

Violtsa Morina acenou com a mão, depois lembrou do altão, disse-lhe também um até logo e em seguida retornou.

Ao afastar-se, sentira que deixara para ele todo o lado penoso e sombrio da paixão. Não por acaso se dizia que, na maioria das vezes, havia sempre um momento precoce em que se procedia à assimétrica partilha do amor: a um cabia sua parte escura, toneladas de carvão, matéria-prima dos brilhantes, ao outro a porção luminosa, diamantina. Era o instante fatal em que se estabelecia quem seria o dominador e quem o dominado.

Enquanto caminhava, Violtsa sentia-se leve, como se as sandálias pisassem o ar. Já vivera os dois papéis, dominadora e dominada. Algumas vezes tivera a impressão de não saber qual assumir. Mas ali sentia-se tão frágil que não suportaria o mais ínfimo sofrimento.

"Que ele o suporte", pensou, ao subir a escadaria do hotel. Lembrou de uma velha canção de amor, ouvida dois anos atrás no casamento de uma prima, quando rira dos versos que lhe tinham parecido tão primitivos:

Sou rapaz, nada me abala.
Güento a pólvora e güento a bala

Agora, recordados, já não lhe pareciam assim.

Eram quase dez horas. Violtsa levantou. Não devia perder um instante daquele dia excepcional. No quarto, ao se preparar para a praia, cantarolava baixinho.

Na pequena praia diante do hotel, os veranistas, na maioria vindos de Tirana, já se conheciam. Violtsa escolheu um lugar perto de um casal de recém-casados com quem tinha viajado no ônibus de Tirana para cá. O jovem vizinho, depois de ajudá-la a armar a barraca, como de costume, estendeu-se outra vez ao lado da esposa.

Apoiada nos cotovelos, Violtsa admirou longamente o azul do horizonte sobre o mar. Era repousante, mas ao mesmo tempo inquietante. Aquela paz que o céu prodigalizava com fidalguia, de repente, bem no seu fulcro, ali onde se supunha que teria maior densidade, às vezes se afigurava insuportável. "Impossível", pensou, sem atinar ao certo o que seria impossível.

Havia uma espécie de fenda oculta. Por um breve instante, teve a impressão de tocar o intangível. Tantas vezes pensara consigo que aquilo era uma existência de sonho, e no entanto o pensamento, junto com o desejo de aproveitar aquela vida, logo se ensombrecia numa espécie de imprecisa angústia. Aquela não era a vida dela. Além do mais, como toda existência de sonho, bastava o menor choque para romper seu cristal e despertar a sonhadora.

A moça respirou fundo. Na barraca ao lado, os recém-casados sussurravam coisas no ouvido um do outro. Oculta pelos óculos escuros, Violtsa podia facilmente examinar as pernas e o ventre da mulher. Estavam nos primeiros dias da lua-de-mel e por certo tinham feito amor na noite passada, talvez também de manhã.

Violtsa imaginou-a de pernas abertas e tudo mais. Ondas de desejo, queimando como nunca, fizeram-na desviar os olhos. Não fazia amor havia quase um mês. A idéia de que podia fazê-lo já, com o soldado que acabara de conhecer, caso ele viesse no domingo como prometera, atravessou-lhe o cérebro sem esforço. Um ponto de interrogação se apresentava toda hora a sua mente, esvoaçando em torno dela. Pouco antes, se alguém lhe perguntasse se ela se deixaria atrair por um soldado, Violtsa daria de ombros, espantada. Agora, indagava-se se ela é que se transformara ou se o artista sem sorte é que se impusera a despeito do uniforme.

"Claro que foram as duas coisas", pensou, mas sem segurança. Em Tirana tropeçara com um jovem poeta assim, que por motivos completamente obscuros lhe confiara que decidira quebrar sua pena. A princípio aquilo lhe parecera atraente, mas, dois meses mais tarde, quando um pintor lhe dissera a mesmíssima coisa apenas trocando a pena pelo pincel, dera uma sonora risada. O outro se abismara, chamara o riso de cínico, depois se desculpara em lágrimas e suplicara de joelhos que ela se despisse para lhe servir de modelo.

Por algum tempo, como quem repousa a mente, Violtsa tratou de observar o que acontecia em volta: gente que se erguia para um banho de mar, que deixava a água, untava-se com o protetor solar, chamava as crianças, que lia, jogava cartas ou jazia na areia como se perdesse os sentidos. Numa barraca ao lado, dois rapazes se esmeravam em atrair sua atenção. Violtsa moveu-se um pouco para fugir de seus olhares. Agora via, além do céu e do mar, um canto distante da costa. Em algum lugar por ali ele rendia a guarda ou recitava a *Eneida* aos companheiros. Um confuso "Não" tremulava em algum lugar no fundo de seu ser. Não, não podia ser o ator nem muito menos o soldado que a atraíra. Tinha de ter sido outra coisa... uma terceira faceta, da qual ela captara um fragmento logo no primeiro segundo, quando ele apontara na porta do terraço... Aquela exaustão abismal, as faces desoladas... Uma voz interior porém indistinta, como vinda do fundo de um poço, murmurava que quem sabe ele pertencia àquela raça... A estirpe das sombras, da qual ela provinha e que para seu pasmo atiçava-lhe o desejo como nenhuma outra. Samir Braia falara-lhe certa vez em vícios profissionais; a profissão dela, ao menos naquele verão, era a de amante a serviço do Estado... Sentiu uma saudade mesclada de aflição pelo irmão caçula que servia o Exército. Toda vez que ouvia falar de fugas, algo vibrava em seu peito e as dúvidas a acometiam em forma de súplica: "Irmãozinho, não nos faça uma bobagem".

Violtsa ergueu-se num impulso e marchou para o mar. Não podiam deixá-la em paz, nem por uns poucos momentos? Nem ela sabia a quem dirigia a queixa: se aos chefes, ao soldadinho desconhecido ou a si mesma.

Na água sentiu-se mais leve. Enquanto nadava acorreu-lhe espontaneamente a lembrança de que podia fazer o que bem entendesse de sua vida pessoal. No tempo livre, claro, fora do trabalho....

Súbito achou que se afastara demais e voltou-se, temerosa. À direita, um nadador solitário distanciava-se sempre mais. Adiante, outro. Ao que parecia, ainda não era ali a zona interdita.

A água era tão transparente que Violtsa via a própria sombra deslizando pelo fundo de areia. Incrível. Da varanda de seu quarto de hotel, ela vira o dorso do mar à noite, sob a luz dos projetores, de uma palidez de máscara mortuária. Agora a mesma água envolvia seus ombros, acariciava-lhe a nuca, os lóbulos da orelha e o peito, doce como um amante.

Quando nadava de volta, seus olhos deixaram a praia em direção aos rochedos abruptos e aos contornos dos montes distantes. Achou-os de uma imobilidade cinzenta, amarga e intratável, como se a tudo vigiassem.

Desviou os olhos e se esforçou para não pensar em nada. Consigo dizia: "Que maravilha". Não era a primeira vez que a palavra lhe ocorria, como se tivesse sido criada de encomenda para dissipar incertezas.

Ao sair da água, antes de ouvi-la pronunciada por um velhinho, viu-a em seus olhos cheios de luz e em todas as suas feições: "Que maravilha, hein?".

"Maravilha", respondeu, e caminhou até a barraca.

Para se obrigar a levantar e deixar a praia, Violtsa teve de rememorar todas as advertências que lhe tinham feito sobre os perigos do sol em excesso.

Era quase uma da tarde. Ainda tinha tempo de sobra para uma ducha e até para ler um pouco antes de descer ao restaurante e almoçar.

No quarto, uma surpresa desagradável, um bilhete sob a porta: "Passarei aqui às três da tarde. A.".

Era o agente da *Sigurimi* com quem estivera já no primeiro dia. Durante toda a semana ele não dera sinal de vida e ela quase esquecera sua existência.

"É normal que ele me procure", foi repetindo consigo. Natural, natural, não havia razão para torcer o nariz.

Ainda assim, sentiu seu humor se estragar.

Durante o almoço, tratou de pensar em outra coisa. O restaurante parecia simpático como sempre. Haviam baixado parcialmente o toldo, do lado do mar, e suas articulações azuis ficavam ainda mais bonitas assim entrecortadas.

— O peixe não estava bom? — indagou o garçom ao ver que ela quase não tocara no prato.

Violtsa sorriu, depois respondeu:

— Pelo contrário. Eu é que não estou boa.

Subiu para o quarto e esperou. Às três horas bateram à porta. "Pelo menos ensinaram-lhe a bater", pensou ela.

O agente vestia o mesmo terno da outra vez: azul com riscas cinzentas. A tez pálida e a ossatura angulosa davam-lhe às feições um ar sofredor. E mesmo assim, bem no seu íntimo, tal como da primeira vez, o desejo instigava a moça. O desejo dele era completamente desesperançado e, ao que parecia, a desesperança era o que o fazia vir à tona. Caso contrário, qualquer macho no lugar dele usaria de um mínimo de esperteza.

Tal como da outra vez, Violtsa sentiu ganas de saber se os comentários sobre ela e Samir Braia tinham chegado até ele. "Veremos", tranqüilizara-se, logo antes, no restaurante. Nem teria de arrancar os cabelos para ficar sabendo se toda uma ala dos agentes de província da *Sigurimi* tinha ou não conhecimento de suas inclinações sexuais. Se soubesse, pior para ele: que a cobiçasse em silêncio, como um adolescente.

— As coisas não andam boas — disse por fim o agente, sem a fitar nos olhos. Com certeza era aquele o tom de voz que usaria para dizer à mulher, no fim do mês, que o salário não estava bastando para cobrir as despesas. — Ontem à noite houve fuga.

— É? Mas...

Queria dizer: "Mas não se ouviram tiros nem sirenes de alarme".

— Uma fuga séria — prosseguiu ele. — Uma família. Duas irmãs, que escaparam, e um irmão que se afogou.

— É? — fez de novo Violtsa, sem saber o que dizer.

Pela primeira vez julgou distinguir nos olhos dele certa aspereza, mas ainda tímida.

— Como é possível? Assim, silenciosamente... — prosseguiu ela.

— Exatamente. Parecia que todos tinham pegado no sono. Nosso pessoal estava todo aqui, os guardas, os radares. Temo que venham a nos criar problemas.

Ela sentiu que por instantes se criara entre eles um clima como o de colegas de trabalho irmanados por uma dor de cabeça em comum.

Seguiu-se um silêncio longo e penoso.

— Eu ainda não lhe apresentei nenhum relatório — prosseguiu Violtsa com voz insegura. — Na verdade andei fazendo umas investigações, mas ainda não tenho certeza.

— Não disse para você se apressar — interrompeu o agente. — Uma suspeita é a coisa mais fácil deste mundo. E no entanto...

— Compreendo — disse Violtsa.

De repente, teve a sensação de que, embora estivessem num hotel de praia, o vestido revelava mais de suas pernas do que devia.

Talvez estivessem confiando mais do que deviam nos meus

atrativos sexuais, refletiu melancolicamente. Ela não fazia mágicas, nem conseguiria substituir as cercas de arame farpado ou a guarda costeira.

— Devo dirigir minhas investigações também para os soldados de serviço na fronteira?

Antes de concluir a frase, Violtsa teve a impressão de enrubescer.

O outro manteve os olhos baixos antes de responder.

— As evasões de soldados estão entre as piores. É fácil imaginar por quê.

Violtsa aquiesceu com um gesto. Ainda estava abalada e com a sensação de ter cometido uma deslealdade. Agora era ela que olhava o outro de soslaio, tentando descobrir se ele sabia sobre seu encontro com o soldado.

O agente não lhe forneceu nenhum indício. Voltou a dizer alguma coisa sobre as duas irmãs evadidas e o irmão que ficara pelo caminho, sem que se soubesse onde fora parar o corpo. Violtsa não conseguia se concentrar, a mente remoendo a sensação de ter sido desleal. Com que direito ela o classificara no grupo maldito? Para legitimar institucionalmente seu desejo por ele?

Por sorte o agente olhou o relógio, levantou-se e foi embora. Violtsa permaneceu imóvel por um tempo. Depois pôs-se a caminhar entre o quarto e o banheiro, deitou-se de bruços, pôs-se de novo em pé. O tempo se arrastava. Às cinco horas marcara de se encontrar na praia com dois instrumentistas de Durres. Conhecera-os por puro acidente, quando eles procuravam um lugar para armar sua barraca e um funcionário do hotel, com um olhar de desdém para a guitarra, avisara que a praia era reservada aos hóspedes. Violtsa desaprovara a reprimenda e convidara os dois para sua barraca. Eles contaram quem eram, de onde vinham e que pensavam em criar uma pequena orquestra amadora, já que o chefe deles na Casa de Cultura de Durres era um sujeito insuportável.

Quando ela desceu para a praia, os dois já estavam lá. Um terceiro amigo os acompanhava, músico também, porém com um ar compenetrado. Violtsa logo achou que o terceiro músico terminara valorizando aos olhos dela a alegre companhia dos dois. Quanto a estes, concluíra que não podiam ser "daqueles". Achara-os despreocupados demais para isso. Mas imediatamente desconfiou do terceiro, que pareceu percebê-lo, pois tratou-a com uma reserva atenta, tal como ela a ele.

As partículas daquela luminosidade específica que enche o ar, como uma descarga elétrica, logo que se conhece um estranho extinguiram-se em rápida sucessão enquanto os dois rapazes faziam brincadeiras com o terceiro.

Quase com um crispamento de decepção nas faces, Violtsa ficou sabendo a causa do humor sombrio do outro: estava perdendo os cabelos. Em meio a risadas de mofa, os dois primeiros contaram que nas últimas semanas Fadil provara todas as receitas possíveis para deter a queda: petróleo, gemas batidas com urina, óleo de peixe, urtigas, bosta de cachorro.

O outro ensaiou uma defesa: "Meus amigos exageram, acredite, Violtsa", repetia sempre. É verdade que a perda dos cabelos o incomodara, mas não como eles a pintavam.

As explicações, apresentadas num tom culposo, não impediram que sua imagem tombasse do pedestal. Agora, Violtsa implicava até com a maneira como ele a chamava pelo nome.

Implacáveis, os dois prosseguiam com a ofensiva de caçoadas. Agora Fadil experimentaria a última alternativa, uma mistura de piche com óleo de câmbio. "Mas se cuide, amigo, vão pensar que você se prepara para fugir."

— Como? — disse Violtsa, sentindo um arrepio. — O que isso tem a ver com... evas...

Muito satisfeitos, os dois aproveitaram a oportunidade para explicar que ultimamente os evadidos cobriam o corpo de piche para se protegerem do frio das águas. O que não inventam esses albaneses... Dizia-se que a princípio os guardas gregos tinham se apavorado: "Que é isso, cara?! Agora são congoleses que escapam da Albânia?". Esta é boa, ha-ha-ha!

Violtsa levou a mão à fronte. Aqueles dois pareciam uns desmiolados. Nunca conhecera cabeças tão ocas.

Então uma centelha de dúvida se acendeu nela por um instante: e se não fosse assim? E se as tolices pretendessem ocultar algo?

"Estou ficando paranóica", pensou. Sem nenhum motivo, acorreu-lhe a imagem das duas jovens vasculhando praias desertas à procura do irmão. Imediatamente depois, num mesmo relance, vieram-lhe à mente os dois soldados — o irmãozinho e o outro, Lul Mazrek.

Os três continuaram a rir de alguma outra coisa. Violtsa escutava-os disfarçando a custo seu menosprezo. Talvez tenha sido a perda de qualquer respeito por eles que a levou a se mostrar tão descuidada.

— E então, Fadil — disse para o candidato à calvície —, já se decidiu sobre essa história do piche?

E sem esperar pelas balbuciantes desculpas dele ou pelas zombarias dos outros, perguntou sem rodeios se existiam muitos "desses", quer dizer, rapazes e moças que pretendiam fugir. E, se existiam, havia algo que os identificava na aparência externa, quer dizer, no comportamento, no modo de se portarem num bar?

Interrompendo-se uns aos outros, os músicos disseram que sim, Saranda estava cheia deles. Ali mesmo com certeza haveria alguns. Se alguém punha os olhos numa câmara de ar de caminhão como se olhasse para Marilyn Monroe, com certeza estava maquinando a idéia de retornar durante a noite, afanar a câmara e jogar-se no mar agarrado a ela. Quem se lembrava de Tan Kasnets, no ano passado? Fora embora assim, numa câmara de ar.

— Cara, para que lembrar de histórias antigas? Uma semana antes de nós chegarmos aqui encontrei na rua o Bardh, Bardh Toska, o da cabeça rapada, da "Nish consertos de bicicletas", e ele só queria saber do estreito de Saranda, parecia que estava se preparando para o vestibular da Faculdade de História e Geografia. Depois, para disfarçar, perguntou sobre o resto do litoral e até sobre a costa italiana. Mas seria preciso ser mais tapado que ele para não ver o que ele tinha na cabeça.

Sem se fazerem de rogados, citaram mais três ou quatro nomes, inclusive dois que tinham avistado em Saranda, bebendo cerveja no Bar do Peixe.

Violtsa não acreditava em seus ouvidos. Enquanto isso, eles continuavam falando e interrompendo um ao outro. Se eram distinguíveis pela aparência exterior? Um parente de Fadil, que trabalhava na polícia, dissera que quando alguém entrava naquela, habitualmente se transtornava.

— Perde o apetite, os lábios ficam gretados de sede. E toda hora vão ao banheiro mij... desculpe, Violtsa, urinar.

— Deve ser interessante conhecer alguém assim. De qualquer maneira, são pessoas que enfrentam uma angústia, um dilema dramático...

Eles a escutavam boquiabertos e Violtsa perdeu a segurança.

"Da próxima vez", pensou. Eles eram tão imbecis que da próxima vez ela poderia pedir-lhes abertamente uma apresentação.

— Vamos tomar um café no terraço? — perguntou de súbito.

Os rostos deles se iluminaram de prazer. Haviam sonhado com algo assim, mas não tinham ousado formular o pedido. Não sabiam ao certo se era permitido.

— Não sei se há alguma proibição para quem não é turista — disse ela. — Mas, como vocês estão comigo, e já que estou hospedada no hotel...

Tal como de outras vezes, ela sentiu uma obscura satisfação com as liberdades que seu trabalho secreto proporcionava.

Os outros a acompanharam sem ocultar a admiração.

O café estava um pouco cheio. Aqui e ali, turistas estrangeiros os acompanharam com o olhar. À luz do sol que se punha, os copos com suco de laranja emitiam reflexos luxuosos. "Isto é que é vida", exclamou um dos músicos. Agora falavam em voz baixa e de vez em quando olhavam para Violtsa, como se precisassem daquilo para criar coragem.

Embora estivesse havia uma semana no hotel, ela ainda não conseguira entender por qual sistema os albaneses se dividiam em duas categorias: a dos que se atreviam a freqüentar o café-terraço e a dos que não o ousavam. Havia perguntado ao agente no primeiro dia, quando recebia instruções sobre sua missão, mas a resposta fora imprecisa. "Leve em conta que você pode fazer o que bem entender. Convidar pessoas para o café, para o restaurante, até para o seu quarto. Quanto aos outros, não existe uma lei nem uma norma. Cada um faz sua escolha conforme lhe dita a consciência."

"Hum... a consciência", pensara ela. Para que depois alguém convocasse o atrevido à delegacia e o cozinhasse por horas a fio: "Por que foi se meter no meio dos turistas? Que sinais andou trocando com algum deles? Você deve ser um cabeça oca, se não entende que só se atreve a entrar ali quem está muito seguro...". Seguro... como ela...

Voltou a pensar em Lul Mazrek. Já de outras vezes remoera como seria bom se ele fosse o primeiro a subir até o quarto enquanto ela o esperava, ou se os dois subissem juntos.

A sensação de liberdade voltou a provocar-lhe um doce arrepio. Nem em seus sonhos mais temerários imaginara que pudesse levar um namorado para um quarto de hotel sem prestar contas a quem quer que fosse.

De qualquer maneira, seria mais conveniente ela subir primeiro. Baixar as cortinas, se preparar um pouco, prolongar a embriaguez da espera.

Enquanto saboreavam o café, os outros lhe dirigiam repetidos olhares de agradecimento.

— Violtsa — disse timidamente por fim o que se chamava Fadil —, permita-me dizer que você é extraordinariamente bonita.

Disseram-lhe outras coisas lisonjeiras. Chamaram-na de princesa, miss praia, estrela. Mas nem as palavras nem os olhares exprimiam a menor esperança de tê-la.

Violtsa imediatamente percebeu aquele distanciamento. Em outras circunstâncias ele poderia irritá-la, levá-la a pensar de onde viria a reserva. Mas daquela vez a continência deles era tocante. Não ousavam cobiçá-la precisamente por reverência, por julgá-la inalcançável como uma deusa.

Quando se despediam, um deles agarrou-lhe as mãos e disse quase num suspiro: "Violtsa, feliz de quem a conquistar!".

No quarto ela sentiu-se sozinha e vazia. Descansou um pouco, depois desceu ao restaurante para jantar. A solidão, surpreendentemente a solidão, dissipou sua melancolia. O garçom disse que tinham camarões frescos. Pediu-os junto com uma salada e esperou. A sala do restaurante estava quase deserta. Dois homens corpulentos jantavam em silêncio diante das vidraças. Os turistas ainda não tinham descido.

Voltou ao quarto mais cedo do que de hábito. Ocupou-se por um tempo do rosto e dos cabelos. Depois constatou que, afortunadamente, não estava engordando como temera a princípio.

Na mesa-de-cabeceira, o livro *História dos Bálcãs* estava havia dois dias aberto na mesma página. Girou o dial do rádio até achar uma música tranqüila. Pareceu-lhe Ravel.

As palavras "Feliz de quem a conquistar!" passaram da boca do músico para um antigo acalanto com que sua mãe a adormecia.

Mamãe é feliz por te ter por filha...

Lembrava a ela o tempo em que movia as pernas e os braços no colo da mãe; ou assim pensava por tê-la visto amamentando o irmãozinho.

Veio-lhe a lembrança de cair no choro. Na verdade, sonhava chorar.

Despertou repentinamente no meio da noite. Olhou o abajur, as cortinas, sem entender onde estava. A luz fria da lua entrava pela porta da varanda. Como se tivesse pressa em pilhar uma suspeita em flagrante, ergueu-se e saiu.

A noite estava calma. À luz da lua, uma coluna brilhante cortava o mar no mesmo ponto da véspera. Dir-se-ia a coluna de um templo, só que privada do capitel, que alguém saqueara.

Trechos de vozes chegavam de longe, talvez da praia.

Vieram-lhe à mente com insuportável clareza as palavras do agente. E junto com elas a sensação de culpa. Seria lícito suspeitar dos soldados da guarda fronteiriça tal como dos outros? Não havia como dissimular: ela dera o primeiro passo para a delação.

"Por quê?", gritou em seu íntimo. Para servir conscienciosamente ao Estado? Para legitimar sua aventura amorosa? Ou, pior ainda, para convencer a si própria de que ele não merecia confiança, de forma a tornar mais saboroso o gosto da presa, como se faz com as peças abatidas na caça?

Ah, não. Mil vezes não.

O que ela não daria para poder se explicar, mesmo diante de um júri implacável. Caso se convencesse de que ele queria se evadir, de fato o denunciaria. Mas não pelas razões que lhe davam. Iria fazê-lo de consciência limpa, convicta de que o salvava. Agiria como se ele fosse um parente próximo... seu irmão...

Súbito fez-se em seu cérebro um completo silêncio. Por mais de uma vez já pensara no que faria caso ficasse sabendo que seu irmão decidira fugir. Deixá-lo-ia apodrecer no fundo do mar, as faces devoradas pelos peixes, ou o entregaria à prisão?

Claro que preferiria a prisão. Até fizera as contas, mais de uma vez: ele tinha dezoito anos, a pena por tentativa de evasão era de sete anos; dois anos de redução de pena por alguma anistia, mais um por bom comportamento. Na melhor das hipóteses, ele poderia sair depois de quatro anos, ou seja, com vinte e dois. Na pior, com vinte e cinco anos.

O caso de Lul Mazrek seria quase idêntico. Ele era apenas um ano mais velho. Ela não teria por que se recriminar. Faria por ele o que faria pelo irmão.

Tornou a imaginar as duas irmãs, açoitadas pelo vento seco, percorrendo a praia deserta com os olhos vagos voltados para o mar, de onde o irmão nunca mais sairia.

Às vezes lhe parecia que não eram as duas que buscavam o irmão, mas ela própria, a um só tempo irmã e amada, à procura dos dois.

"Parem de me atormentar", suplicou consigo. Se suspeitavam que o fizera em causa própria, para mantê-lo, admitia: fizera-o por ela, para não perdê-lo, porque o queria. E não o arrebatara de nenhuma rival. Tomara-o do mar, da morte.

Assim ficou até sentir frio e entrar. "Lul Mazrek", repetiu seu nome, como se tentasse penetrar numa carapaça. Um nome típico dos jovens de agora, que enchem as ruas e bares. Mereceria ser levado tão a sério? Ou faria parte daqueles que, longe de se deixarem comover por uma mulher, ostentam sua insensibilidade?

Uma aflição cega, que ela sabia ser ilógica, tentava possuí-la. Voltou a pronunciar o nome dele, mas a carapaça permaneceu impenetrável. Se pelo menos ele pensasse nela. A pergunta — se ele pensava, e como — acendeu-se e apagou algumas vezes em seu cérebro, até que o sono a capturou de novo.

Não longe dali, se alguém fizesse a mesma pergunta a Lul Mazrek, ele reagiria com um salto possesso. Como duvidar de uma coisa dessas? Naturalmente que se podia duvidar, raciocinou logo em seguida. Embora o que existia em seu cérebro se assemelhasse mais a um esquartejamento, naturalmente podia ser chamado de pensamento. Era alguma coisa entre a cólera das ondas batendo no mesmo ponto de um rochedo e a ferocidade do cão tal como a vira durante o treinamento militar.

— Não está dormindo? — ouviu ao lado a voz do comprido. — Parece que derrubaram você.

— Não podia ser pior.

— Esquisita, essa história. Ouvi você se revirando na cama e falei comigo mesmo: "Este já era".

— Não me envergonho de dizer: é verdade.

A cama do comprido também rangeu.

— Comigo nunca aconteceu. Nunca experimentei isso.

Quero dizer... já pensei muito em uma mulher, mas não assim de perder a cabeça.

— Nem eu. É a primeira vez que me acontece.

Ouvia-se na escuridão a respiração pesada do comprido.

— E como é? Quero dizer: você só pensa nela? Todo minuto, todo segundo?

Lul teve vontade de rir.

— Todo segundo? É mais ou menos como você disse. Todo segundo é até pouco. Penso nela mais que todo segundo, mais até que todo décimo de segundo. Nem sei explicar. É mais que uma questão só de tempo. É uma coisa que não larga você.

— Que esquisito — falou o comprido.

— É mais que uma questão só de tempo — prosseguiu Lul. — Entende? O que eu sinto parece que preenche também um outro tempo, ou até dois, ou então um tempo ignorado.

— Agora você está viajando...

— Tem razão. Eu quero dizer que o tempo é feito de um jeito que certas coisas não cabem dentro dele. Eu, por exemplo, fui apanhado desprevenido. Por isso disse que seria preciso um outro tempo. O seu, por exemplo, ou... Estou delirando...

— Eu lhe daria o meu tempo com todo o prazer — disse o comprido. — Tenho tanto que nem sei o que fazer com ele. Dá e sobra.

Lul sentiu vontade de rir de novo.

— Você é um amigo — disse. — Escute, vamos deixar pra lá essas filosofias. Falar de outra coisa. Você viu quando ela me beijou, hein?

— Vi. Como não veria? Beijou na boca, até segurou seu pescoço com a mão...

— Então você viu que eu nem me mexi. Foi ela que...

— Vi, claro. Até pensei com meus botões: o que foi que deu nele? Ela o enfeitiçou, fez dele uma pedra.

— Foi isso mesmo. Virei uma estátua. Só depois que ela partiu que pensei que eu também poderia tê-la beijado. Mas talvez tenha sido melhor assim.

— Claro, foi melhor — disse o comprido. — Na hora achei melhor que beijo de cinema.

— Verdade?

"Você é um amigão", repetiu Lul, dessa vez mentalmente. Sentiu que por toda a vida seria grato àquelas palavras. Era o seu amigo que estava ali junto na hora certa. Amigo e espectador único do mais belo acontecimento de sua vida.

— É melhor tratarmos de dormir agora — disse o comprido entre bocejos. — Amanhã tem treinamento.

— Tem razão. Dorme, irmão. Dorme.

Logo depois, Lul Mazrek percebeu pela respiração do outro que ele pegara no sono. Sua mente, fora de todo o controle da vontade, trouxe à tona os episódios da história, primeiro alinhados por ordem cronológica, depois cada vez mais misturados, até tudo virar uma salada.

Decidira não acordar mais o comprido, mas chegou uma hora em que não se conteve.

O outro teve um sobressalto.

— Soltei um peido? — perguntou, assustado.

— Não, não... Sou eu, desculpe se o acordei. Bateu um medo de repente e por isso sacudi você. Pensei: vão me apanhar; ela é a única no hotel, no meio de todos aqueles miseráveis de Tirana.

— Pensei que tivesse soltado um peido — continuou o outro. — No Exército não é nada de mais, mas aí, pensei, por causa daquilo que falamos... Você apanhou a nós todos, ô Lul.

— O que você acha do que eu falei? Ela está sozinha ali, no meio dos miseráveis. E quem sou eu? Apenas um recruta.

Enquanto eles têm guitarras, têm sua conversa mole. Vão tirá-la de mim.

— Não, vão levar na bunda — disse o comprido.

— O quê?

— Desculpe, não sabia o que estava dizendo. Estava meio dormindo. O que você disse?

— Disse que os sem-vergonha vão tirá-la de mim. Mas não vou deixar. Vou pedir uma licença. E se não derem vou sair sem licença mesmo. Podem me condenar. Podem me jogar na cadeia. Nem ligo.

— Agora você está falando bobagem — interrompeu o outro. — Só faltava essa, você na cadeia. O que ganharia com isso? Que ela fosse com os outros? Escute, Lul, você é meu amigo do peito, meu irmão, mas agora exagerou. Caia na real, cara. Você tem sorte. Se uma mulher daquelas me beijasse eu sairia voando. Viveria seis meses só com aquela lembrança. Romeu e Julieta já eram. O que você quer mais? Agora durma, que daqui a pouco vai amanhecer.

Passou-se a semana no posto de fronteira. Afora as miudezas de todo dia, o único acontecimento digno de registro foi a chegada do segundo cão.

No início pensaram que levariam embora o primeiro animal, que ainda sofria com o ferimento. A pena que sentiam dele se misturava com uma espécie de raiva do substituto.

Surpreendentemente, a raiva não se dissipou nem quando ficaram sabendo que o novo cão não substituiria o primeiro.

O novo cão chegou junto com seu treinador, um soldado de Shengjin. O canil, no início instalado ao lado do outro, foi depois afastado a pedido do treinador. Segundo ele, uma briga entre os dois cães seria desastrosa.

Na mesma tarde ficaram sabendo mais alguma coisa sobre o recém-chegado. Era um pastor alemão, desembarcado em Durres uma semana antes.

O comprido, tendo sido o primeiro na unidade a ficar sabendo, explicou a Lul Mazrek: ao que parecia, fora assinado um contrato com uma empresa alemã-ocidental, que incluía, além do fornecimento de certa quantidade de fertilizantes químicos e de dois automóveis Mercedes-Benz, a entrega de uma dúzia de cães de fronteira. O comissário dissera naquela tarde mesmo que ninguém pensasse que aquilo significava uma abertura para o Ocidente, pois o pacote fora simplesmente parte das compensações de guerra que a Alemanha ainda devia à Albânia.

— Veja só, veja só — disse pela terceira vez Lul Mazrek, embora fosse visível que estava pensando em outra coisa.

Nos últimos tempos ele andava sempre com o comprido, sem ligar para os olhares curiosos dos outros, principalmente os de Tonin Vorfi.

Aparentemente os dois eram os últimos a ir espiar o novo cão. Ele não parecia com o primeiro, era mais esbelto e, devido ao corpo fino, seus olhos tinham um brilho mais frio. Lul Mazrek teve a impressão de que não agüentaria aquele olhar.

— Sabe de uma coisa? — disse o comprido, sem esconder a satisfação por estar junto dele. — Agora se formaram dois grupos aqui: uns estão no time do cachorro antigo, albanês, e os outros no do cachorro novo. Mas vou lhe contar a maior: os torcedores da seleção alemã de futebol logo apoiaram o mais novo.

— Que zona — disse Lul.

— É demais. Um sujeito de Gramsh disse ontem que parece que esse cachorro serviu no Muro de Berlim. Ele tagarelava todo emproado, até que lhe calaram a boca, e foi o Belul, o baixinho que trouxe a carta, lembra? "Nem vem, cara, que cachorro do Muro de Berlim só existe na Alemanha Oriental, não sabia?" "Que Alemanha Oriental, cara, aquelas duas são iguais, uma imperialista, a outra revisionista", disse o sujeito de Gramsh. E continuou a deitar falatório como se entendesse das coisas: "Agora os Estados são assim: você tem bomba atômica, eu tenho bomba atômica; você tem cachorro, eu tenho cachorro".

— Que merda — disse Lul, sem saber direito por quê.

Sempre conforme a versão do comprido, a implicância contra o novo cão na realidade tinha diminuído, mas, como toda implicância sempre busca um desaguadouro, terminara caindo sobre o soldado de Shengjin. Todos o olhavam atravessado, com exceção de Tonin Vorfi, mas este já se sabe que é do contra.

Enquanto conversavam, seus passos os levaram à beira do mar.

— E você sabe o que estão dizendo de nós dois? — disse o comprido. — Que somos que nem Dom Quixote e Sancho Pança, só que, olha a maluquice, o Sancho Pança, quer dizer, eu, tem o dobro da altura do Quixote, você.

Lul Mazrek sorriu pela primeira vez.

Um ronco longínquo fez com que erguessem os olhos. O comprido viu primeiro o helicóptero que sobrevoava o mar.

— Parece o helicóptero do ministro — disse, ainda com os olhos no céu.

Lul não respondeu.

— Olhe ali — disse por fim —, não é o comandante?

Ficaram algum tempo acompanhando a silhueta do homem no ancoradouro. Estava parado e, tal como eles, seguia com os olhos a aeronave que se afastava.

— Parece ele — disse o comprido. — E parece meio esquisito.

— Acho que aconteceram fugas — disse Lul. — Ontem à noite a metralhadora soltou uns tiros.

— Ainda estão falando das duas irmãs que escaparam. E do irmão afogado. Para dizer a verdade, nem o cadáver encontraram.

— De onde você tira essas coisas? Não tem medo de ser dedurado?

— Claro que tenho — respondeu o comprido. — Mas só estou falando porque é você e não um outro qualquer.

No silêncio que se seguiu, o barulho das botas no cascalho soou tão alto que Lul passou a lançar olhares para o chão.

— Se ninguém encontrou o cadáver, como sabem que ele se afogou? — quis saber Lul.

— Pelo choro das irmãs que o procuravam pelas praias — disse o comprido. — Pelo que parece, os nossos espiões do outro lado contaram.

— Ué, não sabia que temos espiões do outro lado.

— E o que você está pensando? Por acaso existe algum Estado hoje em dia sem espiões? O comissário estava dizendo anteontem que o inimigo espalhou o boato de que além de não apanharmos os fujões nós nem conseguimos matá-los. Por isso ele e o comandante estavam como malucos.

O ronco do helicóptero voltou a se fazer ouvir. Depois o aparelho surgiu, dessa vez na direção oposta.

Lul Mazrek buscou com os olhos o comandante. Ele permanecia no mesmo lugar, acompanhando a aeronave no céu.

— Parece que está rezando a um deus — disse Lul. E acrescentou consigo mesmo, em silêncio: "A Esfinge!".

Quando o helicóptero se afastou, o comandante retomou seu vaivém, como se tivesse se livrado de invisíveis grilhões.

— Parece que está vindo para cá — disse o comprido.

À luz da tarde que caía, a silhueta do comandante parecia maior. Os dois se afastaram de lado para não encontrá-lo.

— Há dias ando buscando uma oportunidade de pedir uma licença — disse Lul. — Você sabe por quê.

— Claro que sei.
O comprido olhou para ele. Não escondia o espanto por todo aquele tempo em que Lul não mencionara seu caso. Mas o outro não prosseguiu.
O barulho das botas voltara a ficar insuportável.
— Ele não vai convidar mais você para sair na lancha? — quis saber o comprido.
— Não sei o que dizer. Não sei.
— Depois que esta crise passar, na certa ele convida.
— Não sei o que dizer — repetiu Lul. — E soltou um suspiro tão fundo que encobriu o barulho das botas no cascalho.
— Não sei o que dizer — insistiu —, só sei de uma coisa: se eu não encontrar Violtsa no próximo domingo, vou ficar maluco.
Era a primeira vez que ele a chamava pelo nome. O comprido, sem atinar com a razão, sentiu medo.
— Eu daria tudo para encontrar com ela outra vez — continuou Lul Mazrek. Tinha a sensação de que o olhar do comprido penetrava seu cérebro como uma adaga. Sabia o que o companheiro estava pensando: e se o comandante quisesse, como pagamento da licença, a mesma coisa que, pelo que se dizia, quisera de Tonin Vorfi?
Havia uma infinita inquietação nos olhos do comprido. Mesmo assim Lul Mazrek nada comentou para tranqüilizá-lo. "Ele que pense o que bem entender", disse consigo. Afinal de contas, fosse lá o que estivesse pensando, não estaria longe da verdade.

Do inquérito posterior

O COMPRIDO: Quando Lul Mazrek me disse que seria capaz de entregar qualquer coisa por aquela garota, nem que fosse a honra dele, como se diz, eu senti vergonha, mas entendi.
Aquela garota era de levar qualquer um à loucura. Eu tam-

bém faria a mesma coisa no lugar dele. Naquela época era difícil admitir uma coisa dessas, mas hoje digo sem acanhamento.

Foi uma semana dura, dessas que a gente não esquece. De repente havia começado uma epidemia de fugas como nunca se vira. Parecia que os fujões e o Estado estavam engalfinhados numa luta mortal.

No meio da agitação que se criou, achei completamente irreal a esperança de Lul de se encontrar com ela. Mas bem no meio daquela semana horrorosa, no pior momento, Lul apareceu estourando de alegria. Ele ainda não tinha a licença, mas já conseguira o convite para a lancha e para ele aquilo liquidava o assunto.

Em duas palavras, contou que o comandante obtivera um encontro inesperado com o ministro. E que voltara todo agitado como se tivesse febre. Só Deus sabe o que andaram conversando. Mas Lul nem queria saber. Só precisava da licença. E o comandante, ao convidá-lo para sair na lancha, aparentemente fizera a promessa. O resto dá para imaginar.

Como eu disse antes, não sei se os senhores entenderam, eu sentia uma aflição como nunca na vida. Ele, Lul, era o meu ídolo, o modelo, o astro, de modo que o choque com a queda dele também seria arrasador.

Esperei angustiado ele voltar do primeiro passeio. Estava um pouco pálido, ou pelo menos me deu essa impressão, não sei. Não perguntei nada, nem ele me contou. Fiquei espantado quando disse que no outro dia ia sair de novo com o comandante.

Aquilo aniquilou minha última esperança de que talvez, por algum milagre, o mal pudesse ser evitado. Queria perguntar: "E a licença? E a garota?", mas não tive coragem.

Durante toda a semana estivemos juntos quase todos os

dias. O que mais me admirava era a indiferença dele ao saber dos mexericos. É preciso levar em conta que Tonin Vorfi acompanhava os passos dele e estava fervendo de ciúmes. Mas não era só ele que falava. Os outros também, e disfarçavam suas risadinhas. Ouvia-se aqui e ali referências aos "amantes de Veneza" e a uma "gôndola". Eu não sabia o que pensar de tanto liberalismo bem no setor mais rigoroso do Exército, encarregado da guarda da fronteira.

Certa noite, não agüentei e fiz, num tom de censura, a pergunta que me atormentava: como é que ele não ligava para as fofocas?

Ele ficou um tempo me olhando de lado. Depois disse: "Você é meu único amigo de confiança depois do Nik Balliu. Escute, então, e não esqueça o que eu vou dizer. Aconteça o que acontecer, haja o que houver, não acredite em nada que possa escutar sobre mim!".

Tive vontade de gritar: "Como não acreditar no que dizem, se vocês dois nem escondem...". Mas consegui exprimir meu pensamento com mais cuidado.

— O que não escondemos? — ele me interrompeu. — Diga, safado, o que não escondemos?

Calei a boca, pois lembrei da nossa primeira briga, quando ele ficou uma fera.

No dia seguinte, ele e o comandante desapareceram de novo. Lul falava sempre que o outro era uma esfinge, mas agora era ele que se tornara a esfinge das esfinges.

Assim continuaram as coisas até o domingo seguinte. Quando ele me disse, na hora do almoço, que finalmente tinha no bolso o papel da licença, eu não acreditei no que ouvia. Ele tinha uma cara de poucos amigos e um brilho pouco sadio no olhar. "Por que não está comemorando? Você estava disposto a revirar o mundo por essa licença." Ele res-

pondeu que não se alegrava porque estava com medo. "Tenho medo de não encontrá-la. E aí, só Deus sabe o que vou fazer."

Pela primeira vez eu não acreditei nele. Dizia que não se alegrava porque tinha medo de não encontrá-la, mas eu tinha certeza de que era o contrário. Parecia que era a garota que o impedia de passar para o homossexualismo. Ele partiu para ela com força total, quando conseguiu a licença, mas aquela impaciência era menos a do namorado saudoso e mais a de quem vai pagar uma dívida e escapar de uma paixão para abraçar outra.

8. O insólito convite

Lul Mazrek fez o trajeto até a cidade como se vivesse um sonho ruim. Enquanto as botas pisavam ruidosamente o acostamento da rodovia, a mente teimava em preceder o corpo no terraço do hotel. Procurava a garota nas mesas, vasculhava desesperadamente as flores no parapeito, choramingava para os garçons perguntando onde ela fora. "Sou Lul Mazrek, estou procurando minha prima, o nome dela é Violtsa Morina, preciso de ajuda."

Retornava sobre seus passos e subia a escadaria de dois em dois degraus. Encontrava-a, na mesma mesa onde eles tinham ficado da outra vez, mas com o rosto frio e soberbo como uma máscara.

"Não o conheço", dizia a máscara. Ou então: "Eu esperei, mas você demorou demais". Ou: "Quero apresentar a você meu noivo, o guitarrista Agim Gdesh, acredito que já tenha ouvido falar dele".

Ele sempre tivera a certeza de que um guitarrista iria derrubá-lo no dia mais frágil de sua existência.

Um caminhão, soltando uma fumaça negra como carvão,

além de não parar para lhe dar carona, quase o jogou para fora do acostamento. "Ei, seu merda, não enxerga?", gritou para o motorista.

Mais adiante, um motociclista com a face encoberta teve pena dele e parou. Lul subiu na garupa. O outro partiu numa tal velocidade que ele teria caído se não segurasse em seu blusão. Tentou não encostar, para que o motociclista não o levasse a mal. Além disso, tinha a impressão de que o blusão de couro cheirava esquisito. Só faltava essa, ficar com cheiro de camarão!

Como a moto devorava a estrada a toda velocidade, sua mente já não seguia na dianteira.

"Não faz mal, desde que eu encontre outra vez com ela", dizia consigo. "Esperei você, Lul." Ele estava disposto a trocar todas as belas palavras que ainda ouviria na vida por aquelas três.

A moto parou diante do hotel tão bruscamente como tinha partido. O sujeito que a pilotava nem virou a cabeça para ouvir o agradecimento. Lul ficou ali de pé. O mundo pareceu-lhe surdo. Não sabia dizer se a tontura vinha do trajeto vertiginoso ou da aflição. Estava quase admitindo que o motociclista que o trouxera não pertencia a este mundo.

A custo convenceu as pernas a subirem a escadaria. Elas gemiam como peças de ferro-velho e faziam tentativas de retroceder. E havia uma grave escassez de ar nos pulmões.

Não cruzou com ninguém até chegar ao terraço. Assim que se aproximou da porta de vidro, sentiu que ela não estava lá. Perambulou sozinho pelas mesas, exatamente como imaginara. Apenas não tocou nas flores do parapeito. Nem fez perguntas aos garçons.

Andou pela cidade durante uma hora e depois retornou. O vazio no peito duplicara.

Por fim desembaraçou-se de uma parte das palavras que o

sufocavam: "Sou Lul Mazrek, soldado da guarda-fronteira. Violtsa Morina ainda está no hotel? É minha prima".

O homem na recepção ergueu os olhos de um livro de registros. Lul nunca vira um olhar que contivesse tantos significados: curiosidade, suspeita, satisfação, maldade, compaixão. Que xingasse, que agredisse, contanto que não dissesse que ela se fora.

— Lá está ela — disse o outro, indicando com o olhar a entrada do terraço. — No café.

Ela estava sozinha na mesa, é verdade que com o perfil ligeiramente mudado, como acontece com quem se expõe ao sol. Ele foi pensando assim para criar coragem enquanto se aproximava. As palavras "esperei você" também foram ditas, mas não o nome de Lul.

— Você está um pouco abatido — disse a moça. — Andou doente?

Ele fez que não com a cabeça. Depois sorriu, encabulado. Como podia ela perguntar a causa de seu abatimento? Será que não sabia?

Ela continuava a examiná-lo com olhos curiosos, cheios de luz.

— Você não diz nada. Não quer conversar?

Ele engoliu em seco algumas vezes. Passou a mão pelas faces.

— O que posso dizer? Não acredito que estou aqui com você. Parece um sonho.

Ela o olhou obliquamente, como se checasse se era mesmo assim. Um novo brilho se acendeu em seu olhar, como uma segunda lâmpada.

— No domingo passado tive medo que você me procurasse — ela disse. — Fiquei uma hora por aqui, mas precisei fazer umas coisas e saí. Você não veio, veio?

Ele fez que não, depois franziu o cenho. Ela se fora depois de uma hora. Enquanto ele teria esperado mil horas, imóvel como um poste.

Ela acariciou a mão de Lul.

— Por que esta cara outra vez? Não disse que ficou contente em me ver?

Ele respirou fundo. Precisava renovar o ar nos pulmões. Quem sabe trocar também as retinas.

Quis fechar os olhos para sentir em detalhe a carícia da mão dela, mas de repente fez o oposto, fitou-a diretamente nos olhos, o olhar dominado por uma plácida tristeza. Traduzido em palavras aquele olhar diria: "Estou nas suas mãos. Faça o que quiser".

A moça olhou o relógio.

— Você tem pouco tempo, não é? Como da outra vez?

— Infelizmente — respondeu ele.

— Escute, então. Como temos pouco tempo, irei eu primeiro para o meu quarto. Você vai depois de dez minutos. Se perguntarem na recepção, diga que está subindo para o quarto de sua prima... Eles não têm como impedir.

Ela deu o número do andar e do quarto.

O soldado repetiu-os.

— Vou indo — disse ela. — Ficarei esperando.

Os minutos passaram depressa. No elevador, ele voltou a sentir que os joelhos não lhe obedeciam. Ninguém o interpelou. No corredor do quarto andar, teve a impressão de levitar. Ali estava a porta. Respirou fundo e bateu.

Uma hora mais tarde eles ainda estavam na cama. Depois da segunda vez, a moça permanecera tal como ele a deixara, sem se preocupar em cobrir o ventre e o sexo.

Com o canto dos olhos ele observava as maçãs de seu rosto

e os cílios debilmente iluminados pelo abajur, indagando-se, pela segunda vez, de onde ela extraía sua segurança. Não havia nada de vulgaridade naquela impudicícia, parecia mesmo que, ao contrário, uma repelia a outra.

Acontecera o inusitado. Depois de toda a longa espera, o ato do amor não o aplacara, não o saciara. No último instante, quando todo macho tem sua hora triunfal, o inesperado irrompera. Mais uma vez, fora ela quem arrebatara o triunfo, deixando-o para trás, na incerteza e na insegurança.

Da segunda vez, quando ele esperara que tudo se acertaria, escorregara ainda mais na perdição.

Aparentando ter consciência de seu poder, a moça o fitara com um sorriso maroto.

— Você é sempre assim calado? Isso surpreende um pouco, vindo de um ator.

Ele sorriu. Sem saber direito a razão, se para satisfazê-la ou para não parecer caprichoso, ou ainda se por uma derradeira e desesperada tentativa de adquirir consistência e autoridade aos olhos dela, ele pôs-se a falar.

A moça se apoiou num cotovelo para ouvir com mais atenção. Ele contou como sofrera por ela. Como as horas já não tinham sessenta, e sim seiscentos minutos, e como os minutos engendravam outros tantos segundos, febrilmente.

Sentia que com o que dizia, longe de se recompor, punha a perder o que restava. Entregava-se, perdia-se definitivamente, enquanto ela, depois de toda aquela dolorida avalanche, retribuiu com um simples "Eu também esperei por você". Nada mais.

Ele pensou com indiferença que não tinha alternativa.

Tomou a moça nos braços, beijou-lhe os lábios, o ventre e o sexo, depois penetrou-a com todo o ardor que a insegurança traz.

A jovem gemeu mais alto que antes. Ele também, até que

se prostrou sobre ela, exaurido. Em meio à respiração entrecortada, disse:

— Minha princesa, aconteça o que acontecer... o que acontecer...

— Como, o que acontecer? — indagou ela.

Então ele disse que acontecesse o que acontecesse, ela devia ter certeza de que ninguém no mundo a tinha amado como ele.

Ela acariciou-lhe os cabelos e disse: "Que maravilha". Não saberia dizer se falava das palavras dele ou de seu último ato amoroso, que a esgotara por completo.

Ela se levantou e foi até o banheiro. Depois ele a seguiu. Seu olhar faminto reparou em tudo, da banheira de louça aos objetos de toalete alinhados sob o espelho e o bidê onde ela se lavava.

Sem ousar tocá-los, fitou a pasta de dentes, depois a escova, o vidrinho de perfume, o batom, duas outras escovinhas que não sabia para que serviam, uma caixa com ornamentos coloridos.

Aqueles eram os produtos de maquiagem dela. No fim das contas, todos neste mundo eram um pouco artistas. Com aqueles utensílios ela adensava seu olhar, afinava o arco das sobrancelhas, adoçava os lábios. Tudo para mais facilmente submeter os homens... espectadores...

O espelho alteava-se diante dele, infinito, como se aguardando seu olhar. Não tinha Lul permanecido também por horas a fio diante de um deles, repetindo seus monólogos quando se preparava para o exame? Todo o seu sonho de ator se vinculara ao espelho sobre a pia do banheiro do acanhado apartamento de B. Ele conhecia todas as suas frinchas e pontos que a umidade ia tornando opacos. Longe de aplacar, eles estimulavam ainda mais o seu elã.

Supusera que tinha se afastado para sempre daquela embriaguez, daquela ânsia de glória. Mas não era bem assim. O espelho do hotel a trouxera de volta, mais forte do que nunca. Lul sabia que o verdadeiro motivo era outro, a garota opulenta que o esperava, nua, atrás da porta. Sentia como a antiga paixão lhe ocupava a cabeça, mais ardente que a luxúria. Podia-se dizer que quem estava ali a poucos passos não era uma mulher, mas uma multidão de espectadores, com todo seu alarido e mistério.

Ele fez uma leve mesura, como se defrontasse com o público, aquela fora a primeira coisa que aprendera antes do teste para ator. Estava todo aceso, os olhos chispando. Logo quando pensara ter se afastado do teatro, eis que soava a sua hora. Subir ao palco, no centro das atenções. Ostentar sua terrível maquiagem. A maquiagem rubra da Antiguidade. Feita de ferimentos, mordidas de cães e garras de águias. Despertar horror e piedade, como rezava a primeira lei da tragédia. Como poucos atores neste mundo.

Quando ele voltou para a cama, ela o olhou com um pouco de assombro.

— Amor, você está com um ar estranho — disse com brandura.

Com a mesma brandura acariciou-o, como se desejasse retirar-lhe a máscara.

Ele apoiou a cabeça no peito de Violtsa.

Tinha ganas de soluçar, de falar como se fala em sonhos. De dizer que não fracassara. Que se rendera sem condições, renunciando à glória e seus louros. Mas que quando quisesse podia retomá-los aos olhos dela. Bastava-lhe revelar seu segredo. Aquele que faria tremer qualquer mulher. Que reduziria todos os emproados do Banco Nacional lá em Tirana a exangues bonecos de gesso.

Como se adivinhasse seus dilemas, ela sussurrou: "Conte o que há com você".

Ele fez que não com um gesto.

Seria impossível contar-lhe. Iria parecer-lhe insano ou, pior ainda, perigoso. Mas isso não o impediu de se apresentar de novo a ela. Em sua primeira estréia, em meio a milhares de espectadores delirantes. Como as ondas do mar de encontro ao cais.

Chegara a hora de ele voltar.

Na porta, quando ela disse "Não fique chateado", Lul sentiu um assomo de azedume. Mas era tarde para explicar a ela que ele não era um fracassado.

Na porta os dois se falaram qualquer coisa mais ou menos como "No outro domingo".

Ele a beijou na boca em um último impulso. Estava completamente abalado, como se a ponto de perder os sentidos. Foi talvez um mau pressentimento que o fez esquecer a prudência. Ele aproximou os lábios do ouvido dela e acreditou ter falado "Venha me ver amanhã...".

Um forte resfolegar entremeava as sílabas, e ela não ouviu a frase inteira, mas apenas fragmentos: "Nha nhã me er...".

— O quê? — perguntou.

— Nada — respondeu ele, baixinho. — Nada, amor.

Abriu a porta sem ruído e, sem voltar a cabeça, foi embora.

Depois de fechar a porta, ela ficou um instante de pé, como que em dúvida. Depois, em vez de ir ao banheiro lavar-se uma última vez ou tomar a pílula, daquelas recém-inventadas, que, segundo diziam, evitava a gravidez mesmo depois da transa, aproximou-se da cama e deixou-se cair nela.

Alguns minutos depois, levantou-se para fazer tudo que era preciso: lavar-se, tomar a pílula, vestir-se para descer ao restaurante. Mas tudo imaginariamente, pois o corpo não se moveu.

Completamente exaurido, aliviado, seu corpo, como nunca antes após os sucessivos orgasmos, parecia que ao perder o peso adquirira de súbito uma espantosa autonomia. Mais ainda: dominava-a.

Assim, o sono que ia se apossando dela dessa vez vinha-lhe dos membros, e não do cérebro; era diferente. Um sono profundo, como uma negra estopa isolante, capaz de separar não só o dia da noite, mas estações inteiras, Estados, regimes, até camadas geológicas.

Ao despertar pela manhã, disse várias vezes consigo mesma: "Que sono!". Junto com o espanto aflorava um ressaibo de pavor que ela não sabia de onde vinha. Talvez de nadar por aqueles espaços vazios de onde ninguém nunca consegue sair.

Levantou da cama, mas as pernas a levaram não ao banheiro, e sim à varanda. Afastou as cortinas e saiu. A manhã estava tão clara como na véspera e o mar era de um azul resplandecente; seria de se acreditar que durante a noite tinham trocado a velha água exausta por outra nova em folha. E ainda assim a moça franziu o cenho e quase exclamou: "O que houve?".

O céu e o mar estavam mesmo assim, mas algo ocorrera em terra. A praia diante do hotel estava completamente vazia. O mesmo com a outra adiante. Não havia gente em toda a linha do litoral.

O que seria aquilo? À direita do hotel, na calçada e na rua que levavam ao velho cais, viam-se pessoas que se apressavam. Caminhavam quase curvadas, como se defrontassem uma invisível ventania. O vento sacudia suas roupas. E essas roupas, cinzentas e negras, nem de longe pareciam roupas de praia.

Quem seriam aquelas pessoas e por que se apressavam assim? Com um aperto no coração, ela se dirigiu ao banheiro. Depois vestiu-se às pressas e precipitou-se pelas escadas sem esperar o elevador.

Na recepção, o funcionário de serviço tinha o rosto meio sombrio, solene.

— Aconteceu alguma coisa? — indagou ela em voz baixa.
O outro olhou em torno para se assegurar de que ninguém os ouvia. Depois fez que sim com a cabeça.
— Tentativas de fuga ontem à noite. Não escutou a metralhadora?
Ela deu de ombros.
—Não.
Um minuto mais tarde, enquanto ela se apressava tal como os outros, as palavras do porteiro despontavam e submergiam em seu cérebro. O fugitivo foi morto. Seu corpo está exposto ao público. No velho cais.
Não chegou a se perguntar por que corria. Os outros talvez tivessem um motivo. Mas ela era uma forasteira.
Dois sujeitos que vinham de uma travessa indagavam aos outros: "Onde, onde?". Alguém respondeu sem virar o rosto que era no velho cais.
Ocorreram-lhe as palavras de uma canção muito antiga, ouvida anos antes:

Lá vem o rio revolto
Traz um valente afogado.

A moça apertou o passo, mas a canção não a largava.

Sai a irmã para a margem...

Não lembrava o que vinha depois. Aparentemente, a irmã ia à margem para perguntar quem seria o infeliz.
Tinha o coração tão vazio que não se admiraria caso começasse a resmungar consigo "Pobre de mim!", tal qual fazia sua mãe, tal qual fizera a avó a vida inteira.
Acorriam à margem do rio as irmãs e junto com elas as

mães, sob o seco açoite do vento, tal como há mil anos, em meio ao pavor e aos gemidos.

Ao se aproximarem do cais, as pessoas involuntariamente continham os passos. Estariam por ali algumas centenas, em um grande semicírculo. Olhavam em silêncio numa mesma direção. Violtsa ergueu-se na ponta dos pés. A lancha, em cuja proa tinham posto o morto, oscilava levemente. O cadáver estava coberto por um pano branco. As manchas de sangue sobre o tecido destacavam-se de longe. Duas maiores, bem no meio, e outra mais acima, ali onde parecia estar a cabeça. Um oficial de feições petrificadas permanecia de pé ao lado do corpo.

"Nha nhã me er..."

"Ah, não!", lamentou ela em silêncio. E no entanto eram precisamente aquelas palavras: Venha me ver amanhã.

Violtsa Morina sentiu um aperto no peito. Como ele sabia? E imediatamente, como que liberta do torpor, bradou interiormente que ele não tinha o direito de dizer-lhe aquilo. Não podia tomar aquele caminho se sabia que terminaria assim.

A multidão continuava a olhar em silêncio. O que fariam agora? "Vão descobri-lo?", indagava alguém.

Os olhos da jovem deram com o agente do hotel no meio do ajuntamento.

Ele não tinha o direito de brincar com aquelas palavras, ela repetia consigo. Não tinha motivos para zombar assim da morte.

Sentiu que voltava a si. Fora loucura pensar que seria ele. Não havia o menor sinal. Além do mais, ainda que ele estivesse decidido a partir, por que o faria em seguida àquela noite com ela?

Uma espécie de movimento contido percorreu a multidão. Ouviam-se vozes baixas. O que era? O que acontecia? A palavra "identificação" foi repetida aqui e ali.

Violtsa Morina respirou fundo. Então aquela tortura ia acabar. Como não lhe ocorrera que bastaria erguer a mortalha para dissipar aquelas loucas suspeitas?

— Será que vai haver uma identificação? — perguntou adiante um desconhecido.

Seu interlocutor pareceu estremecer, como alguém tomado por um calafrio durante o sono.

— Não acredito — respondeu, sem tirar os olhos da lancha. — Não vejo nenhum sinal.

Na verdade, os movimentos sobre a lancha indicavam o contrário. Um soldado estava desamarrando a corda que prendia a embarcação ao cais. O oficial disse alguma coisa a um outro soldado. Mas ninguém se ocupava do cadáver.

Petrificado, o ajuntamento humano seguiu com os olhos o movimento da lancha a se libertar do cais e se afastar. Não se ouviram nem lamentos de mulheres nem gritos de "Abaixo os traidores!", como seria de esperar. Mas o silêncio era completamente distinto de qualquer outro.

Enquanto a lancha se afastava conduzindo seu enigma, a maioria das pessoas não se moveu. Violtsa Morina imaginou a embarcação aproximando-se das aldeias e povoados da costa, transidos de terror. Ninguém sabia se ela iria retornar. Apesar de tudo, mesmo quando o cais se esvaziou, um punhado de moradores, principalmente velhas, permaneceu ali como que enraizado.

Ao retornar ao hotel, Violtsa reparou que as ruas permaneciam desertas. Os umbrais devoravam as pessoas, e as janelas das casas que davam para o mar pareciam cegas. A lancha não precisaria passar uma segunda vez. Desde já aterrara a cidade. Quem sabe o que faria agora nos povoados.

Na porta do hotel estavam estacionados dois ônibus dos holandeses. Os alvos rostos por trás dos vidros estavam completamente imóveis. Os camareiros acomodavam as malas, enquanto dois dos turistas subiam e desciam cheios de inquietação.

— Os holandeses vão embora? — indagou Violtsa à recepcionista em voz baixa.

— Parece que sim — disse a outra sem erguer os olhos.

Um outro holandês falava ao telefone na sua língua, a voz alterada e cheia de nervosismo.

Um café, pensou Violtsa. Um café expresso, para se recompor.

O terraço estava quase vazio. Ela percebeu o garçom se aproximando. Era o mesmo que os servira na tarde da véspera, quando *ele* estivera ali...

Quando não viu nenhum preságio no rosto dele, Violtsa sorriu.

— Estão indo embora, os holandeses?

— É, estão... Só que... Criaram um problema.

— Verdade? Pela cara deles, parecia mesmo. Estavam inquietos.

O garçom balançou a cabeça.

— Criaram um problema — repetiu. — Um deles escondeu-se e não quer ir embora.

— Escondeu-se? De quem?

O garçom sorriu.

— Dos conterrâneos dele. Dizem que não está regulando bem.

Só faltava essa num dia como aquele, pensou Violtsa, enquanto bebericava o café: um holandês maluco que queria ficar na Albânia.

Sem saber por que, sentia-se aliviada. Se desse com o agente, haveria de perguntar: "Então, identificaram o fugitivo da lancha?".

Pôs-se a pensar no porquê daquelas loucas suspeitas de pouco antes. Suspeitas sem pé nem cabeça, claro. Ainda assim, tinha que admitir que ele, Lul Mazrek, lhe pregara uma peça. Abalara-a. Na certa ele bem que gostaria de vê-la assim, correndo como uma louca, com o coração aos saltos, por sua causa.

Uma peça típica daqueles vagabundos da Escola de Artes.

Assim ela dizia consigo: "Lul, menino levado, que frase misteriosa foi aquela, metida a misteriosa, que você disse quando nos despedíamos? Venha me ver amanhã... Como lhe passou pela cabeça brincar comigo desse jeito? Como brincar com uma coisa dessas, seu miserável?...".

Repassava aquelas palavras com uma zanga mesclada de carinho, como se com elas quisesse arrancar-lhe por fim seu segredo.

Mas o segredo não dava o menor sinal de se revelar. E o coração dela ensombreceu-se outra vez com a mesma facilidade com que se dissipara de toda dúvida. "Venha me ver amanhã." Se pelo menos não houvesse aquela palavrinha, "me". Se pelo menos tivesse sido "Venha ver amanhã". Mas então seria uma frase sem sentido. Mesmo que ela não se referisse a ele, mas a um outro, da mesma forma não teria nexo. Como ele poderia saber se alguém iria se evadir naquela noite? Se iria se afogar ou ser morto pelos guardas e, por fim, se o corpo sem vida seria exibido sobre uma lancha?

Não. Aquelas palavras, por delirantes que fossem, não se referiam a ninguém. Falavam dele e unicamente dele.

Unicamente dele... Dele... Violtsa massageou as têmporas com a mão direita. As palavras continuavam tão incompreensíveis e impossíveis como antes. Tal como há pouco, ela pensou se ocorreria a alguém de se evadir sabendo que iria terminar sobre uma lancha, debaixo de um lençol ensangüentado.

Ninguém, evidentemente. E no entanto as palavras tinham sido pronunciadas. E até num tom descuidado, como quem convida alguém para ir vê-lo atuar numa partida de futebol, num concerto ou na estréia de uma peça teatral.

"Seu miserável, seu miserável", ela repetiu, dessa vez sem carinho.

Tudo que ainda havia pouco desanuviava suas suspeitas agora atuava no sentido inverso. O olhar vago dele, desde o primeiro momento em que tinham se visto, na entrada do terraço. A dúvida dela sobre se os soldados também fugiam, até a resposta do agente, de que aquelas eram as piores fugas. A incapacidade dele para se concentrar em qualquer coisa. Os longos silêncios entre as frases. E por fim todo aquele ardor esquisito, um tesão forçado, não de início, mas de fim de romance.

Aparentemente, o único momento em que seus sentidos não a enganaram tinha sido a primeira visão dele à porta do café, quando Violtsa, de modo involuntário, pensara nele como um evadido.

Rememorou o episódio, mas dessa vez de maneira diferente. Lul Mazrek, com movimentos em câmara lenta, cercado de silêncios, surgia à porta do terraço exibindo aquele olhar vazio de quem nada enxerga.

"Você não tinha o direito de me impor este tormento", pensou.

Ergueu-se num impulso, querendo afastar-se daquilo tudo e subiu para o quarto.

Ao vestir-se para a praia, observou o ventre, depois o sexo, como se buscasse vestígios dele. Lembrou então que não se lavara depois da última vez, nem tomara o anticoncepcional.

A idéia de que poderia ter engravidado não a atemorizou. Ninguém nunca se vai por completo, refletiu, com assombrosa tranqüilidade. Ninguém consegue ir sem deixar algo para trás... "Nem você", pensou, dirigindo-se a Lul Mazrek.

Na recepção do hotel, outro holandês gritava ao telefone e

o ônibus continuava parado à entrada. Os rostos dos turistas pareciam mais trêmulos por trás dos vidros.

Na praia havia pouquíssimas pessoas. Ela sentiu-se mais aliviada, sobretudo depois de nadar. Seus pensamentos já não tinham o peso ou a densidade de antes. Iria questionar o agente, naturalmente, mas não tinha motivos para pressa. Por que provocar o diabo? Ele mesmo, se é que percebera seu caso com o outro, iria dizer alguma coisa. Então ela teria ocasião de perguntar. "Se é que...", pensou com ironia. Certamente ele reparara, com aqueles olhos saltados aos quais nada escapava. Até podia tê-los espionado por meio de microfones. Pouco importava. Assim poderia falar mais abertamente.

Espantava-se com a rapidez com que se livrava de qualquer acanhamento.

Ao meio-dia deu outro mergulho no mar antes de voltar ao hotel. Alguma coisa acontecia em torno dos ônibus dos turistas. Uma porção de gente, albaneses e holandeses, agitava-se em volta. Alguém estava gritando. Usava um estranho idioma, meio estrangeiro, meio albanês. Violtsa julgou ter ouvido algo sobre "marxismo-leninismo". Ao se aproximar, viu o homem que gritava. Era um holandês de cabelos longos, pálido, que tentavam enfiar à força no ônibus. Puxavam-no de dentro, aparentemente, mas ele se agarrava à porta e não cedia. Erguia a cabeça com altivez e tinha os olhos repletos de um fulgor triunfante ao se dirigir à pequena multidão: "Avisem todo o povo, *ales folkens, all people*, que me prendem aqui na tribuna do marxismus-leninismus".

Pela primeira vez desde a noite anterior, Violtsa teve vontade de rir. Aquele devia ser o turista enlouquecido que estavam procurando havia dois dias.

Ficou por ali para ver o que acontecia. Quanto mais seus colegas de excursão o puxavam, mais aumentava o volume dos gritos do holandês. A moça chegou a entender alguma coisa daquela salada de palavras em holandês e albanês, entremeadas de alemão. Ficou mais atenta quando lhe pareceu que o louco se referia, pela segunda vez, aos acontecimentos daquela manhã. Expressando no rosto todo o seu desprezo pelos colegas que o puxavam, ele disse mais ou menos que aqueles pequeno-burgueses bundas-moles estavam com medo da luta de classes. A guarda albanesa, certeira, pam-pam, matou o inimigo. Coronel holandês Thomson, agente imperialismus. O partido, camaradas, unidade defender como os olhos da cara. E imperialismus e Israel pam-pam. *Urbi et orbi.* Viva Enver Hodja. Abaixo Holanda. Eu pedir asilo político na Albânia.

Por várias vezes o discurso do holandês desandava de todo. Depois algo ficou mais claro quando ele apresentou, ou pensou apresentar, as razões de seu pedido de asilo. A Albânia era o país das maravilhas, o único lugar no mundo onde ele vira os mortos se erguerem do leito mortuário, beberem água, depois se estenderem e se cobrirem de novo com a mortalha.

As últimas palavras foram abafadas pelos risos da multidão.

No dia seguinte, Violtsa esperou o dia inteiro que o agente lhe fizesse um sinal. Ela ficou passeando entre o terraço e a recepção, lançou-lhe de longe um olhar furtivo, mas ele, como que de propósito, não a chamou.

"Porcaria dos diabos", xingava ela consigo. Como se não bastasse a armação de Lul Mazrek, que a fizera sair pelas ruas da cidade como uma louca, agora ainda tinha de aturar os caprichos daquele idiota.

O dia seguinte transcorreu na mesma expectativa. O mundo parecia impassível. A cidade não se recuperara do choque. Não era segredo para ninguém que os turistas holandeses tinham antecipado sua volta devido ao que acontecera. E que os contratos futuros estavam anulados. Com certeza o rádio e a imprensa no estrangeiro iriam falar. Se é que já não tinham falado. Violtsa sentia um secreto e vingativo desejo de que fosse assim mesmo. Então ela veria o seu agente em apuros. E também os chefes dele.

No terceiro dia sentiu que perdia a paciência. Aquele cabeça-dura com certeza pensava que ela se sentia culpada e ansiosa. De fato sentira-se assim na véspera. Mas depois havia se recomposto. Afinal de contas, não fizera nada de mais. Transara com o outro, como exigia seu trabalho ("Dormi, fiz amor, derreti-me toda, como se diz, o que é que tem?"). Quanto a não tê-lo denunciado, eles que esperassem um pouco e ouvissem suas explicações. Primeiro, não deparara com nenhum sinal claro. Segundo, e o principal, tudo acontecera muito depressa, em algumas horas, de forma que nem tivera tempo para pensar, chegar a uma conclusão, quanto mais fazer um relatório. De maneira que, antes de apertá-la, era melhor que pusessem para funcionar aquelas suas cabeças de passarinho.

Assim, furiosa, Violtsa rabiscou às pressas um bilhete para o agente, solicitando um encontro.

No fim da tarde ele bateu à sua porta. No início, nenhum dos dois sabia onde fixar os olhos. Ela estava com a pulga atrás da orelha, mas ele, o que tinha? Não fazia nenhuma pergunta, nem mesmo indagava por que ela o chamara.

— Quero conversar um pouco — ela rompeu o silêncio. — Depois do que aconteceu no domingo as coisas se complicaram, como já deve estar sabendo...

Ele concordou com a cabeça. As coisas tinham mesmo se complicado, mais até do que seria de esperar.

Falava em tom baixo, monótono, com certeza repetindo um discurso que já usara antes. O episódio de domingo tivera repercussões positivas, sem dúvida. Não ocorrera mais nenhuma evasão. E ao que parecia a semana iria terminar assim, com zero evasão. Mas havia também o lado ruim. A imprensa e as rádios estrangeiras estavam fazendo alarde. Ao que parecia, os turistas holandeses tinham aberto a boca. Agora, esperavam instruções de Tirana.

— O cadáver foi identificado? — interrompeu Violtsa. — Falo do afogado, ou do morto a tiros, o da lancha.

Ele deu de ombros.

— Não sei de nada.

E baixou os olhos de novo, tal como no início. Já não olhava nem para as pernas dela.

Violtsa passou a mão pelos cabelos.

— Ouça — disse, num tom apaziguador — Lul Mazrek era o nome do soldado com quem dormi na noite de sábado, quer dizer, na véspera do episódio. Tenho a impressão de que é ele o morto da lancha.

Nem um só músculo se moveu na face do agente. Apenas os ossos e sobretudo o pomo-de-adão ficaram mais em evidência.

— Você sabia? — perguntou ela, sem tirar os olhos dele e assombrada com sua própria desenvoltura.

— O quê?

— Isso que acabei de contar. Você sabia?

— Que você dormiu com ele? Isso não tem importância. Quanto ao resto, se o cadáver era ou não era dele, não sei de nada.

Violtsa respirou fundo.

— Diga com sinceridade: passou pela sua cabeça que poderia ser ele?

Pela primeira vez os olhos do agente deixaram escapar uma centelha de nervosismo.

— Não sei — repetiu. — E que importância tem isso?

— Como não tem importância? — gritou Violtsa. — Se passou pela sua cabeça que podia ser ele, nem que fosse por um segundo, por que não me perguntou? Hein? Quem pergunta agora sou eu. Por que essa mudez? Por que esse complô de silêncio e desconfiança? Sou sua colega ou não sou? Por que não fala? Ele tomou fôlego.

— Não é uma questão de complô nem de desconfiança — disse com voz cansada. — A semana começou terrivelmente mal, como você mesma disse. Estivemos todos com a cabeça fervendo.

Ela manteve os olhos cravados no agente. Seu vestido voltara a se abrir nos joelhos, ali onde os olhos dele, depois de uma vã tentativa em contrário, terminavam sempre por ir parar.

— Preste atenção — ela disse, baixo. — Vou fazer outra pergunta. Você escutou? Quero dizer: você me escutou... com aqueles... microfones de vocês... quando eu transava?

Ele não respondeu. Além de manter os olhos baixos, Violtsa teve a impressão de que ele se fechava completamente.

— Você se masturbou? Quero dizer, bateu uma punheta? Por que não responde? Bateu, com certeza. Gostou, é?

Violtsa aterrorizou-se com suas próprias palavras. Era a primeira vez que as empregava, e junto com o terror sentiu uma estranha sensação de liberdade.

Ele levara as mãos ao rosto. Assim, distanciada do interlocutor, a moça repetiu a pergunta, dessa vez num tom espantosamente brando. Enquanto falava, passou-lhe pela cabeça que definitivamente ele fora a única testemunha da sua curta felicidade. Ouvira as exclamações, os beijos, os gemidos e sem dúvida também as palavras, mesmo que, excitado como estava, parte delas tivesse lhe escapado. Algum dia, talvez, em outra ocasião, quando a distância tornasse tudo aquilo mais valioso, na ausência de qualquer outro testemunho — carta, fotografia, qualquer coisa, meu Deus —, ela se agarraria ao seu depoimento e, em algum pequeno café à beira-mar, lhe diria: "Fale-me daquela noite, agente... Conte sobre as belas palavras, as promessas de amor eterno e principalmente sobre aquela frase misteriosa, aquela que devora minha alma com sua névoa: 'Venha me ver amanhã'...".

Aparentemente, o outro interpretou aquela voz abrandada à sua maneira. Por desatenção, Violtsa percebeu com atraso o que ocorria. Bastara um pequeno gesto para o agente escorregar da poltrona onde estava e se pôr de joelhos aos pés dela.

Com os olhos arregalados, o corpo recolhido como se pudesse afastar dele ao menos seu ventre, a moça acompanhou como ele lhe beijava os dois joelhos, repousava o rosto sobre eles e murmurava, como num transe: "Minha deusa, luz dos meus olhos, desde que vi você senti que me derrubava, faça o que quiser de mim, cuspa, pise, me denuncie ao ministro, mas não me rejeite...".

Era precisamente o que Violtsa estava fazendo. Com as mãos na testa dele, tratava de afastá-lo. Aquele combate silencioso entre as mãos e a testa prolongou-se, até que por fim a moça gritou:

— Não faça isto, seu louco! — e gritou de novo. — Louco! Tarado imundo!

Mais do que as palavras, um movimento do seu joelho direito fez com que o outro caísse no tapete. Assim como estava, meio prostrado, ele a olhou com amargura.

— Xingue, pode xingar — disse, baixo. — Pode me chamar do que bem entender: fracassado, rato provinciano, merda. Para dizer a verdade, é o que eu sou, um pobre-coitado e, pior ainda, um imbecil, uma latrina de putas. Principalmente a seus olhos. Você certamente prefere os de Tirana. E os meninos que fogem. Estes lhe parecem de primeira, VIPs. Mas você está do nosso lado. Do lado da latrina. Daqui não sairá. Por mais que lhe doa.

— Estrume. Latrina de putas, como você mesmo disse.

— É? Latrina de putas, foi o que você disse? E você? Onde pensa que... vai? É comigo que todas se aliviam...

"Que horror", disse consigo Violtsa. Como tinham caído naquela imundície verbal?

— Você me chamou de puta? — disse, fuzilando. — Fale, é isso que pensa de mim?!

Esperou que o outro gritasse: "Sim, é o que penso. O que pensa que é? Pior que uma puta, uma galinha do Banco Nacional, putona". Mas para seu espanto o outro pôs o rosto entre as mãos e em vez de retrucar murmurou entre soluços:

— Desculpe!

Os pedidos de perdão se prolongaram por um bom tempo, junto com a repetição das expressões de adoração. Como poderia ele chamar de puta a quem era uma deusa, uma ninfa, a senhora, a luz dos olhos dele? Ele estava pronto a obedecê-la em tudo, a depositar a própria cabeça a seus pés, numa bandeja. E se ela queria denunciá-lo a seu superior, que o fizesse. Que o delatasse ao chefe, ao chefe do chefe, ao próprio ministro, se isso a agradava. Que o derrubasse, o demolisse, jogasse seus filhos na rua, pedindo esmola, morrendo que fosse.

Inflamado por suas palavras, ele voltou a se assanhar. Violtsa tentou detê-lo, mas não havia como. Deixou-o investir, certa de que após a explosão viria de novo o momento do pedido de desculpas, quando ele certamente voltaria a repetir que estava pronto a fazer tudo por ela.

— Você gosta de fazer amor com eles, é? — prosseguia o agente. — É claro que gosta. Está acostumada com eles. São, por assim dizer, da mesma classe. Aliás, o principal motivo para eles escapulirem é o tesão por mulheres. Querem tudo melhor do que aqui. E principalmente as fêmeas. Não se contentam com as daqui. Querem as de fora, como aquele Lul Não Sei Das Quantas de quem você fala. Mas onde aquele vagabundo encontraria uma mulher como você? Você faria morrer de inveja todas as italianas e as francesas. Elas não chegam nem aos dedos dos seus pés.

Agora era Violtsa quem tinha o rosto entre as mãos. Aquele miserável provinciano sem querer havia tocado no único ponto delicado que o entorpecimento de sua consciência deixara intocado até então: a vaidade feminina.

— Chega — interrompeu-o. — Já que mencionou... Lul Mazrek, afinal: você sabe ou não sabe algo sobre ele?

— Não sei. Já disse, não sei de nada.

— Mas você acaba de gritar que aquele vagabundo gostaria de escapar porque pensa que as italianas são melhores que eu. Não foi?

O outro arregalou os olhos.

— Espere, não me confunda. Falei o que você me disse. Quero dizer que...

Violtsa olhava-o fixamente.

— Escute então, já que as coisas são assim, quero lhe pedir uma coisa: quero saber o que aconteceu com aquele soldado. Talvez não tenha havido nada e ele continue amanhecendo e anoitecendo muito bem no seu posto de fronteira. Mas talvez tenha acontecido alguma coisa, talvez ele nem esteja mais neste mundo. Entende o que quero dizer? É isto, quer dizer, a verdade, é o que eu quero de você. Você tem condições de descobrir, de ficar sabendo, entende? E eu vou ficar grata...

Os olhos deles se cruzaram tão penosamente que ela teve ganas de gritar para aquele cretino que não havia nada ali tão difícil de entender.

Ele continuava a encará-la com aquela dor que vem da incompreensão profunda, até que ela julgou ter achado a razão. Ao fazer a promessa, devia tê-la acompanhado ao menos com um brilho no olhar. E este, longe de qualquer lampejo ou mensagem subentendida, aparentemente transmitira uma biliosa exaustão.

Enervada com aquilo tudo e principalmente consigo mesma, voltou a recriminá-lo. Por que a fitava assim, com aqueles olhos de bagre? O que havia ali para não ser entendido? Ou ele estava acostumado à linguagem das putas, me dá, não dou, dou, e não entendia outro idioma?

Quando, um minuto depois, o agente saiu dizendo "Prometo!", nem Violtsa saberia dizer quais daquelas frases ela de fato dissera e quais apenas pensara.

Quarenta horas mais tarde, na sexta-feira ao meio-dia, Violtsa encontrou debaixo da porta um pedaço de papel do agente. "Às seis da tarde. Um táxi vai apanhá-la." Em outras circunstâncias ela talvez se indagasse que táxi seria aquele e aonde iria levá-la. Mas naquele dia perguntas assim não faziam sentido.

A tarde se arrastava. Às quatro horas, tomou uma ducha, vestiu-se e desceu para um café no terraço.

Às seis, assim que saiu à porta do hotel, o táxi que devia apanhá-la aproximou-se.

— O chefe a espera logo adiante — disse o motorista abrindo-lhe a porta.

Na saída da cidade, o táxi se deteve atrás de um automóvel verde-oliva.

— O chefe a espera — o motorista apontou o veículo com um movimento da cabeça.

Sem nada dizer, Violtsa desceu e em passos rápidos aproximou-se do carro. Dentro, o agente inclinou-se para lhe abrir a porta. Violtsa teve vontade de perguntar que brincadeira sem graça era aquela e em qual filme de terceira categoria ele a aprendera.

— Vamos até Butrint — disse o outro. — Tenho um negócio urgente para ver ali. Trouxe-a comigo porque amanhã estarei ocupado.

— Obrigada — disse Violtsa. — Assim eu verei o teatro antigo.

— Uma fundação inglesa, chamada Rothschild, está chegando precisamente para visitar o teatro.

— Uma fundação com nome de banco interessada em ruínas antigas?

Violtsa surpreendeu-se com suas próprias palavras. No lugar delas, ficara-lhe na garganta a pergunta: "Que notícias você tem? Ele está vivo? Era ele o homem da lancha, sob a mortalha?". E em vez disso, tagarelava sobre escavações arqueológicas. Tinha o mau pressentimento de que, como acontece com freqüência em casos assim, adiava a conversa que importava.

Ele respondeu que a fundação inglesa, juntamente com a Unesco, desejava havia anos investir em Butrint, mas a Albânia, por razões que se podia imaginar, não aceitara. Agora, devido à situação criada, a permissão repentinamente saíra, e eles, sem esperarem um dia a mais, estavam desembarcando.

— Ah, então é isso — disse Violtsa.

— Cabe a mim preparar nossos homens, quer dizer, os meus agentes no terreno — prosseguiu ele.

Ela teve a impressão de que o outro crescia em importância a seus olhos. Talvez por causa do carro, que ele próprio dirigia. Ou da segurança com que falava. Aquilo devia ser sinal de que tinha notícias.

Por fim o silêncio original restaurou-se e ela sentiu as batidas do coração se espaçarem.

— Sobre aquele soldado, Lul Mazrek, tenho tratado do caso dele. — Violtsa sentiu que as mãos dele se agarravam ao volante com o mesmo gesto doloroso com que tinham tocado seus joelhos. — Estou dizendo desde o início: é um assunto mais complicado do que parece.

— Como?

Ele repetiu suas últimas palavras.

— O que você está querendo dizer? — perguntou Violtsa. — O que quer dizer com "complicado"? Como pode ser complicado? Não entendi.

— Complicado — insistiu ele. — Tão complicado que você nem imagina.

— Escute — disse ela com voz gélida. — Você me deu sua palavra e, por favor, nada de truques. Ele está ou não está na guarda da fronteira? Fale!

Ele aproximara ainda mais o rosto do volante. Devido aos buracos da estrada, o carro tremia todo.

— Perguntei se ele está lá ou não — gritou a moça. — Fale!

— Não está — ele também alteou a voz.

Violtsa mergulhou o rosto entre as mãos.

— Por que tantos rodeios? Se ele não está lá é porque não está vivo.

Ela ficou repetindo aquelas palavras e dizendo-se que desde que o vira, estendido de bruços, compreendera que era ele e ninguém mais.

— Espere — disse o agente com voz suave. — Não se precipite.

Ela olhou-o com azedume.

— Como não me precipitar? Por quem você me toma? Por alguma débil mental? Trapaceiro!

— Não sou nenhum trapaceiro.

Por várias vezes ele começou a explicar o que ficara sabendo, até que Violtsa aceitou escutar.

Talvez ela achasse estranho, mas não fora fácil para o agente penetrar naquele nevoeiro. Sim, porque era um nevoeiro ou, pior, uma perigosa serração. Por sorte, a guarda da fronteira agora se subordinava ao Ministério do Interior. Do contrário, se continuasse com o Exército, como antes, nada iria transpirar. Então, o agente tinha pessoal seu ali, mas eles próprios, por enquanto, estavam completamente desorientados. Por enquanto não havia nenhum sinal de que *ele* estivesse vivo, porém tampouco havia indícios do contrário. Fora visto pela última vez na noite de sábado, quer dizer, depois de voltar do hotel. Na manhã do domingo, antes do amanhecer, havia desaparecido. Aqui tinha início o enigma. A falta de qualquer explicação para o desaparecimento dera lugar a comentários. Claro que se desconfiou de uma evasão, que é invariavelmente a primeira suspeita em casos assim, mas a hipótese fora afastada em seguida, ao ser qualificada pelo comissário de "boataria hostil", e então as mais diferentes suposições tinham brotado. Falara-se de uma partida inesperada, de uma internação no hospital militar, de uma exoneração por motivos morais, por relações homossexuais. No entanto, o comandante, que era o parceiro suposto, não só não sofrera punição como não dava sinais de temê-la.

Violtsa, que no início escutara aquele monólogo com menosprezo, agora prestava cada vez mais atenção.

O outro, ao percebê-lo, tratava de escolher as palavras mais rebuscadas. Mais do que ninguém naquela história ele se assombrara com a pouca disposição de seus chefes para investigar. Um deles quase o repreendera abertamente: o que ganhava ele ao bisbilhotar com tanto zelo o episódio de um simples recruta? Não havia tantos outros casos importantes à sua espera? Por exemplo, dali a mais alguns dias apareceria aquela fundação inglesa de nome terrível, Rotschild, por trás da qual sabe o diabo quem estaria escondido, o Vaticano, Israel ou o capeta, talvez até a Otan.

Assim falara seu chefe, porém quanto mais eles menosprezavam o desaparecimento do soldado, mais forte era a sensação do agente de que havia ali algum dente de coelho. A ela podia confiar até mesmo suas suspeitas mais secretas, aquelas tão perniciosas que poderiam muito bem ser qualificadas de violação de compromisso. Depois de quebrar a cabeça durante a noite inteira, ele chegara à conclusão de que as possibilidades eram duas. Primeira: que Lul Mazrek tivesse ido embora, ou seja, escapado, mas que os outros não desejassem reconhecê-lo por motivos bem conhecidos, como o mau exemplo, a queda do moral da tropa etc. Uma variante dessa possibilidade era que, na tentativa de evasão, Lul Mazrek tivesse morrido, e que a morte tivesse sido ocultada pelas mesmas razões. Esta era a pior alternativa.

Entretanto, toda aquela história de fuga, bem-sucedida ou fracassada, entrava em conflito com a exibição do cadáver na lancha. Se a evasão do soldado criaria problemas de erosão do moral etc., por que se haveria de mostrar precisamente naquele dia o corpo sem vida coberto por uma mortalha?

Algo não fazia sentido naquela explicação. E fora precisamente aquela incongruência que o conduzira a uma suspeita mais coerente, ainda que mais perigosa. Se a primeira alternativa incriminava o recruta como traidor, a segunda o conduziria expressamente ao pelotão de fuzilamento. Mas ele haveria de esclarecer tudo até o fim, tal como prometera.

A segunda alternativa para explicar os acontecimentos era completamente distinta da anterior. Em essência, apontava que Lul Mazrek estava vivo, mas fora enviado numa missão em algum lugar, digamos para a Grécia. O agente sabia por experiência própria que dezenas de investigadores eram enviados ao exterior. Preparava-se uma cobertura, um falso ferimento, uma suposta evasão, e aí eles partiam. Os passeios de Lul Mazrek com o comandante, aqueles mesmos que alimentavam a boataria sobre homossexualismo, podiam muito bem se explicar dessa forma. O soldado fora enviado a algum lugar para se desincumbir de alguma coisa.

— Espere — interrompeu Violtsa. — Você me enrola toda nessa sua confusão. Se é assim, quer dizer, se ele foi enviado numa missão, temos novamente o problema do cadáver. Quem estava debaixo do lençol? A serviço de quem? E por quê?

Pela primeira vez o agente deu sinais de perder a segurança. O volante voltou a tremer em suas mãos.

— Esta porcaria de estrada está toda estragada — murmurou antes de responder, repetindo as palavras da moça. — A quem servia o cadáver e por quê... Digamos que...

— Deixe de "digamos". Qual a necessidade de complicar assim uma coisa que parece tão simples? O rapaz resolveu fugir, eles o mataram, em terra ou no mar, e levaram o cadáver para a lancha visando atemorizar a cidade. Como fizeram em Kryeshejz. Como fizeram em Tepelena...

Dissimuladamente Violtsa examinava o perfil dele. Nunca vira um rosto como aquele, cujos ossos exprimissem tamanho sofrimento.

— Naturalmente você tem o direito de pensar desse modo — disse ele. — Às vezes, um excesso de complexidade... Ainda assim, você se referiu, se não me engano, a uma misteriosa frase dele.

Violtsa apoiava o rosto entre as mãos.

— Estava pensando exatamente nela — disse. — Aquelas palavras derrubam toda a teoria. "Venha me ver amanhã." Quem seria capaz de convidar-me a ver seu próprio cadáver?

— É, impossível — disse o agente.

— O quê?

— Tudo. Tudo parece impossível depois dessas palavras.

— A não ser que tenha sido uma armadilha — disse ela depois de um longo silêncio. — Ele foi atraído para algum lugar. Prometeram alguma coisa. E depois o mataram.

— Mas por quê? Por qual razão?

Violtsa deu de ombros.

Antes que o outro voltasse a falar, ela compreendeu, pelo movimento do pomo-de-adão, que ele estava indeciso.

— Violtsa — disse baixinho —, vou lhe fazer uma pergunta, mas por favor não me leve a mal. Promete?

— Prometo.

— Minha pergunta é a seguinte: você tem certeza de que ele lhe disse essas palavras? Ou melhor, você tem certeza de que as ouviu bem? Por favor, me desculpe...

— Não há motivo para me pedir desculpas. Eu mesma também me fiz essa pergunta. Não estou escondendo nada. E, apesar de tudo, é verdade que aquela frase não é uma fantasia. Eu a escutei dele, de verdade.

— Desculpe uma vez mais.

— Não tem do quê. Entendo suas dúvidas. Você estava me grampeando e aquelas palavras lhe escaparam. Assim, tem razão em duvidar. Mas isso também tem uma explicação. Eu não sei em que parte do meu quarto os microfones foram instalados, mas quando ele disse aquilo estava na porta. Além disso, falou bem baixinho, quase murmurando, entende?

— Não pense mais nisso. Trate de esquecer.

— Falar é fácil.

— Eu sei. Mas prometo a você que não vou largar esse negócio. Vou fazer tudo o que for preciso para ficar sabendo o que aconteceu.

Ela lançou-lhe um olhar agradecido.

— Estamos chegando em Butrint — disse o agente. — Daqui a pouco veremos o muro que cerca as ruínas. Depois, pela ordem, o famoso pórtico e o teatro.

Com certo alívio, ela contemplou a paisagem. Uma profunda paz tombara sobre as colinas. Quando desceram do carro, a tranqüilidade era algo sem fim. Ele mostra-lhe a Porta do Leão e, duzentos metros adiante, a Porta de Tróia, descrita pela *Ilíada*. Como dissera Virgílio, Butrint não passava de uma reprodução de Tróia. Seus primeiros habitantes tinham sido refugiados troianos. Andrômaca, mulher de Heitor, por exemplo, e centenas de outros.

— De onde você sabe tudo isso? — quis saber Violtsa.

O agente sorriu, como se o tivessem pego em flagrante.

— Por causa dos turistas. Ministraram-nos um curso ultra-intensivo, para podermos entender o que possam estar dizendo. Em outras palavras, para que nossa gente não fique achando que Andrômaca e Heitor são espiões com quem os turistas estrangeiros tentam entrar em contato.

Violtsa teve vontade de rir: então eram assim os agentes?

Quando chegaram ao teatro, ela sentou-se num degrau das escadarias e acendeu um cigarro. O agente ficou longe, deixando-a só.

Imaginou o teatro repleto de refugiados troianos, os olhos postos no palco, certamente à espera da encenação de um episódio de sua cidade de origem.

As sombras se alongavam com o crepúsculo quando entraram no carro para voltar. Os silêncios entre os dois também vinham se alongando. A silhueta do agente expressava expectativa e profunda tristeza. Ela refletiu que pelo menos ele não ousava mencionar abertamente sua promessa. Já era alguma coisa.

Tocando-lhe o braço, ela disse:

— Espere um pouco. Preciso fazer xixi.

Admirou-se de não sentir a menor vergonha diante dele. Nem cuidou de se distanciar muito, agachou-se atrás de uma sarça na beira da estrada. Ficou imaginando o desconforto dele ao ouvir o barulhinho da urina sobre as folhas secas.

Ao levantar-se, sentiu-se com um olhar diferente, mais vivo.

— Como é que se inclina isto? — perguntou, mostrando o encosto do seu banco.

Ele levou algum tempo para entender o que devia fazer. Inclinou o encosto com mãos trêmulas, enquanto ela desabotoava o vestido.

Violtsa entregou-se em silêncio, sem fazer o menor movimento. Apenas quando ele desejou beijá-la afastou-lhe o rosto com a mão.

Quando voltavam, ele, enquanto secava o suor frio na fronte, repetiu várias vezes numa voz apressada que, mesmo que ela viesse a desprezá-lo, ele seria dali por diante seu escravo, um cão fiel, pronto para o que desse e viesse, e não só naquele caso de Lul Mazrek. Faria o que ela quisesse. Qualquer coisa, qualquer capricho, qualquer loucura e mesmo qualquer crime.

A moça escutava, sobranceira. Como se nada daquilo a interessasse mais.

Ao chegar ao saguão do hotel, comprou um livreto sobre Butrint antes de subir para o quarto. Tomou uma ducha e sentiu um espantoso alívio. Era como se os jatos d'água trouxessem consigo fragmentos de luz. Aparentemente a causa era a paz das colinas. Elas tinham guardado por um milênio o teatro antigo em seu barro, como quem guarda um ente querido. Poderiam ter se agastado, mas por sorte ocorrera o inverso. A não ser que fosse uma simulação de paz.

Violtsa pôs-se a folhear o livreto. Tinha um título insosso, como a maioria dos folhetos para turistas: *Butrint, história e lendas*. Deixou-o na mesa-de-cabeceira para ler depois do jantar, como costumava fazer com os livros que a atraíam.

O terraço e o restaurante estavam agitados. Depois de alguns dias meio às moscas, voltavam a se encher de novo.

Jantou sozinha, como de costume, depois passou pelo café para tomar um chá. Não sentia nem sinal da fadiga do dia.

Subiu ao quarto contente, como se algo agradável a esperasse. Ali estava o pequeno volume, aberto na página 17, como o deixara. Ao lado dos textos explicativos, havia muitas fotos, assim como um trecho do Terceiro Canto da *Eneida*, que fala do desembarque dos troianos, em albanês e em latim:

Litoraque Epiri legimus portuque subimus
Chaonio et celsam Buthroti accedimus urbem.

Com o pouco latim que aprendera na faculdade, Violtsa achou que, traduzido palavra por palavra, aquilo daria: "Pelo litoral do Épiro navegamos e chegamos ao porto/ de Caônio e na alta cidade de Butrint entramos".

Um som de vozes vindas de fora a incomodava. Levantou e, antes de fechar a porta da sacada, prestou atenção. Era, aparentemente, um grupo de meninas cantando uma música da moda:

O bulevar de Kortcha tem moças de montão.
Saem, passeiam, mamãe não sabe, não.

Ela sorriu consigo, pois lembrava a seqüência idiota dos versos: "Sou, sou, sou linda/ Sou, sou, sou não". Quanta besteira; era de assombrar que anos atrás ela própria a tivesse cantado em tantas noites, com as colegas de colégio, nesses mesmos tons agudos e aflautados.

As explicações históricas sobre Butrint eram mais ou menos as mesmas que ela já conhecia. Assim como o alemão Schliemann descobrira as ruínas de Tróia em 1870, inspirado na leitura de Homero, o italiano Ugolini, sob o estímulo da *Eneida*, de Virgílio, dera com o achado de Butrint sessenta anos mais tarde. O próprio Mussolini acompanhara as escavações passo a passo, pois enxergava Butrint como a via de passagem entre Roma e Tróia, fermento e símbolo do renascimento fascista do Império Romano. A ciência albanesa contemporânea, de acordo com os ensinamentos do marxismo-leninismo e do camarada Enver, considerava Butrint um monumento da cultura greco-ilírio-romana, um tesouro do povo albanês e de toda a humanidade.

Violtsa teve a sensação de que com a porta da sacada fechada fazia calor. Ergueu-se e abriu-a de novo. A voz das meninas lá fora soava ainda mais forte. Como se não bastasse, elas agora marcavam o ritmo com palmas.

Ó minha Maria
Você não está sozinha
Também tem a Myrvete
Para uma transadinha.

Violtsa sentiu vontade de rir. Como, porém, as vozes silenciavam, ficou curiosa sobre o resto da letra. Espantou-se ao ver que a canção seguinte nada tinha de vulgar. E chegava até a ser pungente. Fora puxada por uma das moças, as outras faziam o coro. Violtsa a custo distinguia as palavras.

Levei-te flores, disseste que eu me fosse,
Minha linda se esvai aos poucos no sanatório.

Fronte perolada, boca de ouro,
Minha linda, não te vás, te imploro.

Quem seriam aquelas moças? Coisas assim não eram permitidas no hotel.

Voltou a deitar na cama e retomou o livro. A parte que falava das lendas pareceu-lhe a mais bonita. Enquanto lia a descrição de Virgílio, voltou a imaginar os refugiados troianos recém-desembarcados, não mais no teatro, mas nas ruas e praças da cidade. Tudo ocupavam com perguntas, curiosidades, angústias. Não és Kloant? Dava-te por perdido. E Ilione? E Amik? Rifé? Não diga. Morreram tentando passar pela Porta de Ské. Também o sacerdote Pant Otriade e Hipan ali ficaram. Ai, que me dizes. Diz-se que o príncipe Eneu desembarcou aqui com os seus. Assim é. Ele trazia nos braços seu pai, Ankiz, arrancado de Tróia; quanto à esposa, Kreuza, a pobre, teria se perdido no tumulto da noite do massacre. E que cidade é esta, tão semelhante a nossa Tróia? Chamam-na Buthrotum, e de fato se assemelha. Quando nos aproximávamos, parecia um sonho. Todos passamos por isso e caímos em prantos.

Uma lufada da brisa trouxe-lhe as vozes que cantavam, como se suas donas estivessem na sacada. "Ufa!", irritou-se Violtsa, mas mesmo assim voltou a tentar distinguir os versos. Tinha a impressão de já ter ouvido aquela música, mas não lembrava onde.

Eu andava pela rua
Recém-chegado da Hungria
E alguém me deu a notícia
De que Júlia me traía

Ah, sim, agora ela lembrava, devia ser uma daquelas músicas dos anos 60. Seu tio, que retornara dos países socialistas junto com centenas de outros estudantes depois da ruptura,* costumava cantá-la, por entre os dentes, enquanto se barbeava diante do espelho, apenas trocando Hungria por Polônia, onde estivera, tal como todos os outros faziam com os nomes dos países de onde retornavam.

A canção seguinte que as cantoras desconhecidas atacaram era ainda mais triste.

*Tive um sonho ruim, o coração se encheu de fel
Tua cabeça, filho, brevemente vai rolar.*

Violtsa sentiu um aperto no peito. Aquelas vozes femininas, temperadas pela noite e por uma infinita solidão, soavam afiadas como lâminas de navalhas prontas a abrirem artérias. As palavras também pareciam objetos cortantes, e mais uma vez ela se indagou quem seriam aquelas meninas.

Pôs-se a escutar o que viria em seguida, mas uma voz irritada gritou de outra sacada do hotel: "Ei, vocês, calem a boca ou eu chamo a polícia!".

Ouviu-se embaixo um xingamento, seguido de uma alegre gargalhada. "Podem rir, podem rir, suas vagabundas", retrucou a voz da sacada. E veio a resposta de baixo: "Bode velho e capado!".

Violtsa levantou-se e fechou a porta da sacada.

Abriu novamente o livro na página onde tinha parado.

Assim Virgílio descrevia Butrint, às vezes como uma visagem, às vezes como Tróia vista num espelho ou num sonho. Havia ali uma outra Porta de Ské, um rio que recordava o Simeont, apenas desprovido de cadáveres em suas águas, e um sepulcro

---

*O autor se refere ao rompimento da Albânia com o bloco soviético, por divergências com a linha de Nikita Kruchev. (N. T.)

vazio, junto ao qual Andrômaca, desterrada como os demais, quem sabe violentada na fuga, chorava o esposo morto, Heitor.

    Raras vezes Violtsa se deixara fascinar assim por uma leitura. Às vezes ela fechava o livreto, pois tinha a sensação de que as coisas lidas cresciam quando expostas à luz. Às vezes o agigantamento parecia-lhe insuportável. Era sem dúvida uma cidade feita de saudades. De ilusões derivadas de esperanças vãs. Não por acaso a sepultura onde chorava a viúva estava vazia. Era tal qual Eneu a abraçar o fantasma de Kreusa: "Por três vezes a estreitei e por três vezes não a senti".

    Às vezes chegavam-lhe vozes vindas de alguma janela do hotel e as respostas das meninas embaixo. Outras vozes, parecendo de policiais, tinham se misturado às delas. "Esse bando de cachorras não nos deixa dormir, camarada policial, vão tomar providências ou não vão?", "Ora, ora, cidadão, não tem o direito de usar essas palavras.", "Como? Como não tenho o direito, se elas foram logo me chamando de bode velho e capado, a mim, do quadro dos veteranos?".

    Alguns restos de vozes, misturadas com o arrastar de cadeiras, ao que parecia puseram fim à altercação.

    Violtsa retornou à leitura, até a meia-noite. Adormeceu na esperança de vir a sonhar com algum trecho daquelas narrativas. Mas, tal como das outras vezes, teve um sonho prosaico, com cadeiras empilhadas na sala do restaurante.

    Acordou tarde no dia seguinte. Concluiu o desjejum com um cafezinho no terraço, depois desceu para a praia. Uma sensação sombria, em vez de se dissolver na imensidão azul, apoderou-se dela. "Você me deixou?", quase se dirigiu em voz alta a Lul Mazrek: "Desprezou-me tanto assim?".

    Ela talvez também não tivesse dado a ele o devido valor.

Talvez tivesse estado a ponto de esquecê-lo, tão facilmente como aos outros, porém ele, como que pressentindo o perigo, a enlaçara no último instante. E arrebatara-lhe os diamantes, deixando só o carvão. Ela acreditara tê-lo sujeitado, e eis que ele repentinamente escapara. Tornara-se ele o senhor e ela a serva... Era fácil ser o senhor depois de morto... Se pelo menos ele tivesse retardado a partida. Mas nem isso ele fizera.

Embora estivesse decidida a não se torturar com suposições sobre o que podia ter acontecido, sentiu que se deixava cair naquela armadilha. Talvez Lul Mazrek tivesse planejado tudo de antemão. Talvez ele não imaginasse que a noite da evasão seria como fora. Ao retornar à unidade, ficara sabendo: o companheiro ou companheiros de fuga teriam lhe dito que não era possível adiar mais. E assim teriam se entrelaçado as circunstâncias: um bote, ou uma câmara encontrada, um pescador que ajudaria, ou outro motivo qualquer.

"Deve ter sido assim, tudo indica", pensou Violtsa. Ele não sabia que tudo ia acontecer tão depressa. "Pobrezinho", disse para si, melancólica, mas imediatamente, no lampejo de uma faca, retornaram-lhe as palavras imperiosas: "Venha me ver amanhã...".

Que horror! Pôs-se de pé. Fincou com fúria os pés na areia, como se desejasse castigá-la. Fez o mesmo com os braços e o corpo inteiro ao se atirar no mar. A superfície espumante acalmou-lhe o corpo e em seguida o raciocínio. Voltou a pensar com clareza. Lul Mazrek sabia, sem sombra de dúvida, que partiria no outro dia. E, como todos que se evadem, suspeitava que poderia terminar como um cadáver. Por certo também ouvira falar de outra coisa: que dali por diante os cadáveres encontrados seriam expostos ao povo.

Portanto, partira para a perigosa tentativa de olhos fechados, como se costuma dizer. Se escapasse, teria realizado o sonho de sua vida, diante do qual tudo mais empalidece: a fuga. Caso terminasse como um cadáver na areia, pelo menos teria conquistado o pranto dela.

Quanto mais refletia, mais Violtsa se convencia de que a verdade só podia ser aquela. Os jovens, e mais ainda os atores, quase sempre são sentimentais. Quem nunca sonhou, nem que seja por um instante, em ser pranteado em silêncio pelo ser amado? Mais ainda na manhã seguinte à primeira noite de amor, após ser abatido a tiros, à beira-mar...

Ela passou toda a tarde de sábado às voltas com *Eneida*. Achara-o na única livraria da cidade. Impaciente, começara a folheá-lo ainda na rua. E assim prosseguira, sem método. Às vezes lia os versos, às vezes o prefácio, ou passava os olhos por uma nota de rodapé. Havia ali interpretações do texto e numerosas citações de estudiosos; de tudo, o que lhe pareceu mais belo foi que por meio de Butrint Tróia teria transferido a Roma o seu espírito.

Maravilhada, ela procurou a parte do texto original que provocara o raciocínio, mas não era fácil. Suas ramificações se manifestavam aqui e ali, mas tortuosas como numa vendeta.* De certo ponto de vista, toda a história não era senão a longa narrativa de uma vendeta. Tróia, ao entregar a alma, junto com seu último suspiro reclamara vingança, por meio de Butrint, à sua ascendência, Roma. Roma cumprira a incumbência ao ocupar a Grécia. E Mussolini, dez anos após a descoberta da antiga cidade, outra vez atacara a Grécia. E Roma fora vencida precisamente nos arredores de Butrint. E vinte anos mais tarde, outra

---

*Na Albânia, desde a Alta Idade Média até a atualidade, vigora em certas regiões o código consuetudinário da vendeta, sob o nome de *hakmarria*, "tomada de sangue", tema do romance *Abril despedaçado*, do mesmo autor. (N. T.)

vez ali naquelas colinas uma terceira força, monstruosa como poucas, o mundo comunista, solicitara à sua aliada Albânia que permitisse a construção, exatamente em Butrint, de uma base naval nuclear para capacitar-se a varrer da face da Terra tanto a Grécia como Roma.

Violtsa sentiu o cérebro entrar em pane. Fechou o livro e desceu para beber alguma coisa no terraço antes de jantar. O bar estava outra vez cheio. Agora ela se dava conta, confusamente, de por que se deixara atrair assim pela história da repetição de Tróia em Butrint. No fundo, era uma história de ressurreição. Algo impossível. Tão impossível como a volta ao terraço de Lul Mazrek.

No restaurante, enquanto tentava jantar, e mais tarde em sua sacada, sua mente imaginou por várias vezes Andrômaca, no teatro, entre os espectadores, à espera de que entrasse em cena o cadáver de seu esposo. E talvez ele próprio, vivo.

Precisava voltar a Butrint para apaziguar-se. Estava convencida de que naquele pedaço de chão aconteciam coisas inacreditáveis, alheias a todas as leis deste mundo.

Sua última reflexão antes que o sono a possuísse foi que teria que ir sem falta... ali... sentar na escadaria de pedra... ao lado de Andrômaca... e, tal como ela, esperar pelo impossível...

Pela manhã, despertou com uma sensação esquisita, nunca sentida. Tal como devia ser o estado de espírito em uma festa religiosa.

Lavou-se, penteou-se e embelezou-se demoradamente diante do espelho.

Ao descer, sentiu que faltavam à manhã de domingo os dobres dos sinos e os gritos anunciando que Cristo voltara de entre os mortos.

Era seu sétimo dia de luto...

Sentou-se à mesa onde tinham bebido seu último café e esperou, tal como se prometera, o dia inteiro.

À medida que as horas passavam, junto com a tristeza sentia um alívio. Uma vez achou que caso ele assomasse mesmo à porta do terraço sentiria mais medo que alegria.

Quando o sol ia se pondo e toda a esperança se fora, apoiou a fronte na mão e chorou por um tempo. Depois tirou da bolsa um espelhinho, para enxugar as lágrimas.

Do inquérito posterior

O COMPRIDO: *Sobre a noite do sábado e o amanhecer do domingo, as coisas aconteceram assim: Lul Mazrek voltou do encontro um pouco antes do jantar. Estava preocupado com seu atraso e a única coisa que disse foi: "O comandante me procurou?".*

Não falou mais nada. Para dizer a verdade, o silêncio dele me espantou e, sinceramente, me ofendeu. Não posso dizer que ele estava triste, mas também não estava alegre. Parecia esgotado, e passou pela minha cabeça que o encontro poderia ter falhado. Talvez aquilo também explicasse o silêncio dele. Ninguém, e menos ainda um cara como ele, gostaria de falar de um fracasso.

Logo depois da meia-noite, ouviu-se uma metralhadora na direção norte. Duas horas mais tarde, os tiros se repetiram, mas nada o acordou.

Quando amanheceu, percebi que ele levantou-se e saiu às pressas do dormitório. Ouvi o barulho do motor da lancha e disse comigo que a mesma história continuava.

A lancha voltou pouco antes do meio-dia. O comandante estava sozinho e de cara amarrada. Senti um pressentimento ruim, mas não tive coragem de perguntar sobre o Lul. Os ou-

tros não repararam muito na falta dele. Além de mim, Tonin Vorfi era talvez o único a reparar nas idas e vindas dos outros. O exercício daquele dia foi pesado. O comandante, depois de trancar o motor da lancha como de costume, foi nos supervisionar. Depois de certo tempo, quando o comissário veio correndo chamá-lo, Tonin Vorfi, que rastejava na lama ao meu lado, disse que alguma coisa estava acontecendo.

Pela maneira com que o comandante seguiu atrás do comissário, dava para ver que alguma coisa realmente estava acontecendo. Eles chamavam com urgência alguém, talvez o próprio ministro.

O comandante voltou ao cair da noite. Parecia calmo. Enquanto isso, a ausência de Lul Mazrek fora notada. Alguém, não se sabe quem, deu inclusive a explicação que faltava: internação às pressas no hospital. Quando escutei aquilo, a desconfiança me espetou como uma faca. Pelo brilho maldoso nos olhos de Tonin Vorfi, entendi que ele pensava o mesmo que eu: algo acontecera ali na lancha ou na ilha desabitada.

Algo, mas o quê? A primeira coisa que me ocorreu foi uma briga. Era fácil imaginar Lul Mazrek brigando com alguém. Uma troca de socos, uma briga, um caso de ciúmes, talvez, por causa da garota. Então, tinham saído aos tapas, na lancha ou na ilha, depois tinham voltado, para dar explicações aos grandes chefes, talvez diante do próprio ministro. Depois das satisfações, tinham levado Lul Mazrek ao hospital, se é que ele não havia terminado na cadeia.

Foi o que pensei. Mas, logo depois do jantar, no pequeno horário livre antes de dormir, meus pensamentos sofreram uma reviravolta. A causa foi um boato que correu de boca em boca: que naquela manhã tinha acontecido em Saranda uma coisa terrível. Desde as primeiras palavras sobre alguém abatido a tiros e estendido, coberto por um lençol, eu quase gritei: "Lul Mazrek!".

Na hora fiquei convencido de que era ele. As causas seriam as mesmas, ciúmes etc., com a diferença de que o comandante apagara Lul Mazrek. Ele o matara a sangue-frio, no mar, depois justificara o assassinato fazendo parecer uma tentativa de fuga. E, como se aquilo não bastasse, ainda levara o cadáver para passear na cidade.

Os outros, para o meu espanto, nem pensaram em fazer essa ligação. Com exceção, claro, de Tonin Vorfi.

Para dizer a verdade, a calma do comandante também começou a abalar a minha certeza. Um homicídio entre homossexuais, no exército albanês, nunca poderia ser tão simples. Depois disso, surgiu-me esta simples pergunta: e se de fato foi assim? E se não foi uma briga entre gays, mas uma verdadeira tentativa de fuga?

Não era difícil imaginar a cena: Lul Mazrek ataca o comandante para tirar-lhe a arma ou o controle do leme. Falha. É morto.

Como eu disse antes, eu dormia ao lado dele e ficava pensando em tudo isso olhando sua cama vazia. Minha maior dúvida era sobre ele mesmo, apenas com motivos variados. Por exemplo, a garota, Violtsa Morina, podia ter sido um obstáculo não para o homossexualismo, mas para a fuga. O mesmo podia se dizer da honra dele. Pensei que ele poderia ter decidido abrir mão dela já não pela licença, ou seja, pela moça, mas pela fuga. E isso também poderia ser a chave para aquelas palavras dele: "Aconteça o que acontecer, haja o que houver, não acredite em nada que possa escutar sobre mim!". Antes eu estava convencido de que a explicação era: Se escutar que sou um degenerado, uma bicha etc., não acre-

dite. Agora, porém, aparecia outra interpretação: quando ouvir dizer que sou um desertor, um traidor da pátria etc., não acredite!

O tempo provou, assim como espero que este tribunal venha a confirmar, que eu estava completamente enganado.

TONIN VORFI: *Reconheço que não acreditei em nada de todo o falatório que correu pela unidade naquela semana sobre Lul Mazrek. Não duvidei por um minuto que aquilo fosse uma "história de família", quer dizer, um caso de homossexuais, um assunto de bichas, como o chamariam em coro todos os bárbaros do século XX, ocidentais e orientais.*

Agora as coisas mudaram, mas naquela época nem se podia falar em amor, paixão ou ciúme entre gays. Apesar disso, e mesmo estando aqui nos rudes Bálcãs, quero solicitar dos senhores investigadores, em troca do meu testemunho sincero, que assegurem minha defesa moral. Aproveito a ocasião para lembrar que sou filiado ao "Gay and Lesbian Pride", com sede em Londres.

Não escondo que mantive relações amorosas com o comandante da unidade de fronteira. Tampouco desejo esconder que tive ciúmes, quando achei que ele esfriou comigo por causa de Lul Mazrek. Cada passeio deles na lancha era uma tortura para mim.

No domingo ao meio-dia, quando ele voltou sozinho, com o rosto pálido, a primeira coisa que me veio à cabeça foi que ele tinha cavado a sepultura do namorado. É fato sabido que o crime nunca está longe das nossas histórias. Aquele homem era imprevisível e eu mesmo várias vezes sentira medo de que ele pudesse me afogar.

Então ele matara Lul Mazrek na lancha, por motivos fúteis, como se diz, e o crime fora encoberto como uma suposta "tentativa de evasão".

Enquanto isso, no quartel, corriam todo tipo de mexericos sobre Lul Mazrek, cada um mais inacreditável que o outro. Falavam de uma noiva artista, que todos os dias levava-lhe flores no hospital, de uma missão secreta na Grécia, ou até mais longe, na Itália. Em resumo, eram fantasias de ingênuos acostumados a sonhar acordados com histórias da carochinha.

O comandante continuava a me evitar. Aquilo era talvez o que mais me atiçava a curiosidade sobre o que tinha acontecido. Assim, numa tarde chuvosa, depois de verificar que ele não estava na unidade, entrei na ala dos oficiais, procurando não dar na vista. Eu conhecia o lugar da famosa arca onde ele mantinha trancado o motor da lancha, entre outros segredos, inclusive cartas minhas. Estava preparado e por isso não achei difícil abrir a tampa.

Até hoje tenho dificuldade em falar do pavor que senti naquela hora. Junto do motor, enfiada ali de qualquer maneira, estava uma calça cheia de manchas de sangue.

Minhas mãos tremiam tanto que só a custo consegui fechar a arca. Ao que parecia, ele trocara de calça quando trancara o motor, logo que voltou do mar. Por isso o motor também estava cheio de manchas de sangue.

VIOLTSA MORINA: Eu contei aqui coisas que talvez nem tivesse a obrigação de contar. Não o fiz por medo nem para agradar aos senhores. Agi assim apenas para aliviar minha consciência. Portanto, a insistência dos senhores em inquirir e me reinquirir sobre minhas visitas à cidade antiga de

Butrint, acompanhada pela suspeita de que eu oculto alguma coisa ligada aos verdadeiros motivos desses movimentos, tudo isso me parece — desculpem — bastante ingênuo.

Foi mencionado muitas vezes que se trata aqui do primeiro processo judicial da história da Albânia tendo por objeto um crime contra a humanidade. Precisamente por ser um julgamento de tamanha importância histórica, ele exige, desculpem os senhores, que seja levado mais a sério.

Voltemos então às minhas idas a Butrint. Repito que estive ali quatro vezes, depois desses acontecimentos terríveis. Ninguém me viu. Mas digo taxativamente que não existe nenhuma ligação entre as minhas visitas e o que houve. Todas elas ocorreram depois do acontecimento, de maneira que não pode haver nenhum vínculo, mesmo indireto, entre mim e o plano, ou mesmo a concepção do crime.

Não fui ao teatro antigo para obter idéias, nem, como alguém poderia naturalmente pensar, para espionar o pessoal da Rothschild, nem mesmo porque meu namorado sonhava em ser ator. Não. Fui a Butrint por mim mesma. Caso pensem que Butrint e seu teatro podem ter inspirado uma monstruosidade a alguém, ou caso alguém procure se desculpar fazendo-se de vítima de umas ruínas da Antiguidade, então é esse alguém que precisa ser inquirido, não eu.

Repito, portanto, que fui a Butrint por mim mesma, por minha alma, como se dizia antigamente. Fui levada pelo agente, meu chefe, que ele descanse em paz. Ele se afastava e deixava-me meditar, sentada nas frias escadarias.

Não conseguiria descrever a limpidez e a elevação espiritual que vivenciei ali. Não um indivíduo, mas uma cidade inteira que era a sombra, o duplo, o círio aceso no dia do funeral de outra cidade.

Ali cheguei a entender todo o poder e a tristeza da palavra "saudade".* E o que pode ser gerado por aquilo que parece ser a coisa mais desolada no mundo, a perda. Em poucas palavras, descobri ali que para enfrentar este mundo frio todo ser humano precisa ter a sua Butrint.

Tenho consciência de que o que eu disse, além de não servir para nada, é o oposto do que se exige nos anais de um processo judicial. Antes de pedir que excluam esse trecho dos anais, quero repetir que ali, nas ruínas de Butrint, acreditei no que até então julgara impossível: a ressurreição.

Penso que já se convenceram de que se deve passar uma esponja no que eu lhes disse. Além do mais, creio que daqui por diante não julgarão necessário convocar-me outra vez.

---

*Ao contrário de outras línguas, o albanês possui um equivalente exato da palavra "saudade" — mall —, com todas as significações do vocábulo português. (N. T.)

9. *Intermezzo* secreto

1. CORO DOS ESPECTROS

Podemos ser qualquer coisa, exceto uma: aquilo que vocês supõem.
Que estamos mortos, nada mais natural. É a coisa mais antiga neste mundo. O novo e singular é que jamais tenhamos comparecido aqui em vida. Desde que chegamos, vasta legião de exilados, não fomos mais que engendros da morte. Sombras dela, gélido reflexo de um espelho vindo de outro espelho.
Nunca saímos de Tróia. Todos permanecemos ali, crispados, onde a sorte nos colheu, ao pé dos muros e das portas, negros de alcatrão e sangue, sob os brados dos guerreiros gregos que se interpelavam em meio à treva.
Tomaram-nos por troianos evadidos. Jamais os houve. Ninguém deixou Tróia. Nem em pensamento.
Mas vocês insistem em invocar-nos. Não nos deixam em paz ali onde tombamos. Forçam nosso movimento, obrigam-nos a abandonar nossos restos e seguir viagem, para povoarmos esta

cidade estrangeira com prantos que deveriam ser nossos e na verdade são os seus lamentos.

Querem que choremos por vocês, como se não nos bastasse a nossa dor. Empurram-nos para a cena de teatros, esculpem-nos no mármore embora nunca tenham visto nossos rostos.

Já que não sentem piedade, não sentirão talvez cansaço?

2. HEITOR

As conversas dos turistas mencionam cada vez mais amiúde o meu nome e sobretudo o de minha esposa. Toda vez que se postam diante dos restos do palco, há sempre alguém para indagar: "É verdade que uma tragédia sobre Andrômaca será encenada aqui?".

Fiel e devotada a mim como sempre, ela aguarda que exibam em cena o meu destino, meu desenterramento. Não conheço outra pessoa cuja vida tenha sido tão restrita como a minha, concentrada em um único feito, como fizeram a mim com aquela exumação. Até hoje, milênios depois, estou certo de que quando se menciona Heitor a primeira coisa que ocorre à mente, antes de qualquer outra, é a solidão de meu percurso, por três vezes seguidas, em torno dos muros de Tróia e depois o meu cadáver desenterrado.

Minha esposa, que não presenciou minha suposta fuga perante Aquiles, mas viu com seus olhos como me arrastaram, espera assisti-la de novo, não mais das ameias de Tróia, mas da platéia do teatro.

Sei que quando cai a noite suas ancas quentes e seu ventre têm as carícias de outro. Mas à luz do sol, na escadaria, ela se faz outra vez minha esposa, com as mesmas lágrimas e a mesma mantilha de viúva.

Deste derradeiro evento que devorou todas as outras partes de minha existência, a primeira parte — minha fuga perante Aquiles — é pura mentira. Tão falsa como verdadeira, ai!, a segunda parte, em que arrastam meu corpo.

Nunca recuei tomado de medo diante de Aquiles, muito menos dei três voltas correndo em torno dos muros de Tróia. Caso tal vergonha tivesse ocorrido, caso o primeiro dos heróis e príncipe de Ilion tivesse se portado perante o adversário como uma lebre, Tróia já não teria coração nem razão para continuar resistindo.

Tudo poderia acontecer, menos isso. Portanto, não recuei, muito menos fugi. Fui derrubado, ai!, desde o primeiro golpe de lança do monstro. Tudo mais, a carreira ao longo dos muros, a fuga em pânico, o espectro de meu irmão Deiphobus que me alcançou outra lança quando a minha tombou, tudo não passou de engendros de minha dor ao render a alma.

Eu ainda vivia quando Aquiles se inclinou para furar-me os artelhos com um gancho de ferro. Ele atou-me assim atrás de seu carro e começou a arrastar-me. Nunca pensei que minha vida acabaria dessa forma. O negro pó que meus cabelos erguiam cobriu-me a face. As muralhas da cidade, o céu e tudo mais apareciam aos meus olhos como que invertidos. Não sei o que mais tocava, se o pranto dos troianos por ver-me assim por terra ou as aclamações dos gregos. Por três vezes julguei que me erguia para bater-me com o monstro e por três vezes me dei conta de que eu não passava de um corpo que arrastavam. Assim foi até que entreguei a alma.

3. KOMOS. PRANTO EM CORO AOS TURISTAS

Dizem — e o que não dizem neste mundo onde vozes e ventos nunca cessam? —, dizem que Tróia não existiu, que Tróia não teria passado de uma anti-Grécia oculta dentro da própria Hélade. Uma ânsia que precisava ser extirpada e que, para se livrarem dela, situaram ao longe.

Somos frios espectros, e assim é também nosso espectral julgamento. Se para os gregos não houve Tróia, muito menos houve Grécia para nós. Então, quem nos sufocou naquela noite horrenda? Nós mesmos, nossa própria e infinita angústia?

Vocês falam e falam, multidões de turistas, do nosso derradeiro tormento. Se não sabem o que dizem, deixem-nos quietos em nossas tumbas. Ocupem-se de suas próprias almas, se é que não podem viver sem desfalecimentos e prantos.

Para vocês não passamos de excrescências vazias. Imagens refletidas por espelhos estéreis que se engendram uma à outra sem esforço. Tróia sem o assédio. Grego-sem-Tróia. Heitor que deserta. Um luto sem Andrômaca e uma Andrômaca sem luto.

Se não sabem o que dizem, cessem o falatório. O pranto foi inventado para um caso assim. Quando vocês já não têm palavras, quer dizer que devem chorar. E caso não conheçam esta primeira linguagem do mundo, logo vocês que buscam conquistar as estrelas, então venham aprender conosco. Venham como outrora ao *komos*,* para juntos chorarmos, ai-ai!

---

*Em grego, festividade, derivada do deus Komos, filho de Dioniso. (N. T.)

10. Vazio

Nada mudara nos horários de Violtsa Morina. Muito menos na linha da costa ou no vôo das gaivotas. Quanto aos fugitivos, no instante em que se iam, por certo julgavam deixar só desolação atrás de si. Desolação e soluços e papéis rasgados após batidas policiais.

Tal como antes, Violtsa bebia no terraço seu café ao fim do desjejum. Depois descia para a praia, onde sempre achava alguém que a ajudava a armar o guarda-sol. Penteava-se com os mesmos cuidados de antes. Todos os conhecidos lhe diziam que ficara ainda mais bonita. Depois do meio-dia, evitava o sol. Todos os canais de tevê andavam advertindo contra os riscos de uma exposição excessiva.

Após um breve sumiço, os músicos tinham reaparecido. Continuavam tão simpáticos e levianos como antes. Iam soltando as palavras assim sem maldade nem reflexão. A conversa saltava de galho em galho, da careca do jovem calvo, a quem o sol parecia ter feito mais mal que bem, a um conhecido deles que tivera dois desejos na vida, tocar trompete e usar barba, mas que não realizara nenhum deles, pois uma frase, "Ah, se eu estivesse na Itália, não é por nada, só para usar barba", levara-o direto à cadeia. Depois, umas histórias banais sobre infidelidades femininas e uso de camisinha, que um maluco engolira pensando que era assim que se evitava a gravidez. A conversa, então, voltou aos cabelos compridos, e aí, sem nenhuma maldade, eles lembraram a definição que um conhecido dera da Albânia como um "país cabelófobo".*

No hotel, ao fim de um longo dia, a lembrança das loucuras dos dois provocava em Violtsa um sorriso, mas sem calor. Cada vez mais ela se comprazia em trazer à mente lembranças mais antigas, relacionadas ou não com os alegres bate-papos praianos. Assim, a história dos cabelos lembrou-lhe aquele inesquecível sexto ano da escola, em que por fim lhe nascera os primeiros pêlos no púbis. As meninas da classe tinham ficado confusas com aquilo. As amigas mais íntimas cochichavam entre si, entravam aos pares no banheiro da escola e saíam com olhos febris. Algumas se impacientavam à espera de um fulminante adensamento. Outras tinham medo. Uma menina da Turma B dissera que se aquilo continuasse a ficar cada vez mais escuro ela iria se matar. Engjellushe Kruja, colega de banco de Violtsa, não tivera coragem de mostrar os pêlos à mãe e então fora à médica da escola, saindo de lá com os olhos vermelhos, pois a outra, em vez de escutá-la, chamara-a de "putinha". E assim elas se agitavam, da manhã à noite, levando aquele estigma e aquele mal-entendido bem no meio do corpo. Os livros escolares falavam de tudo, da relva que cobre os campos na primavera, dos minérios, da mudança das estações, das guerras, mas nenhum deles mencionava aquilo. Seu irmão menor fora o único a per-

---

*Na Albânia socialista, o uso de barba e cabelo comprido chegou a ser proibido. (N. T.)

guntar um dia que coisa escura era aquela na barriga dela. Ela o chamara de bobo, negara tudo, mas ele insistira que vira pela fechadura quando ela se banhava. Eram assim as perguntas dele de uns tempos para cá, desconfiadas e difíceis: "O que é a morte?", indagara um dia. E em seguida, insatisfeito com a explicação, quisera saber o que são os mortos. "São os que se vão deste mundo", disseram-lhe, e ele, insistente: "Por que se vão? E por que não voltam depois?". Quando ela dissera que não voltavam nunca, pois havia muitos obstáculos, ele retrucara: "Eu vou voltar depois de morrer. Você vai ver só se eu não volto".

Por que sentira vontade de se lembrar de todas aquelas coisas? Ela quase sabia, imaginava confusamente a razão, embora evitasse trazê-la à tona. Já bastava o que se atormentara com o enigma "dele". Agora, tratava de expulsá-lo da lembrança. E muitas vezes conseguia.

O agente relatava o que andava acontecendo na cidade. As tentativas de fuga tinham caído sensivelmente. Embora ninguém o verbalizasse, o cadáver exibido na lancha dera seu recado. A cidade a custo se recompunha. O temor de alguma nova onda de fugas tirava o sono de todos. O primeiro-secretário da região, quaisquer que fossem suas ocupações, postava-se sempre à janela de seu gabinete, luneta em punho, observando o mar. Aquele sujeito dava nos nervos com os seus telefonemas. Se avistava um casalzinho beijando-se entre as ondas, fazia soar o alarme: "Atrás deles, homens, peguem-nos, interroguem-nos, estão querendo fugir, com certeza". E quando argumentavam que um beijo no mar não bastava como evidência de evasão, enfurecia-se: "É assim que começa uma fuga, com coisas que parecem detalhes, cabelos cortados à moda do Ocidente, abraços na rua, meninas bebendo conhaque pelos bares, como bem disse o camarada Enver Hodja. Mas vocês não entendem. Depositam suas esperanças somente nos projetores e nos cães da guarda-fronteira, e não compreendem que quando a situação chega a esse ponto a coisa já foi para o inferno. É preciso trabalhar com base nos fundamentos, como disse o camarada Enver, encontrar as causas, as raízes, e depois arrancar".

Tirana estava satisfeita com o trabalho de Violtsa. Suas quatro notificações da semana anterior tinham se mostrado válidas.

Enquanto o agente falava, ela o olhava sem desviar os olhos. Depois, em tom cansado, perguntara o que queria dizer, nestas circunstâncias, "válidas".

Ele prometera ser sincero com ela e tinha que manter a palavra.

Repetiu que por nada no mundo esconderia a verdade. Os quatro que ela entregara tinham sido presos. Um àquela altura estava condenado a cinco anos. Dois estavam sendo investigados. Quanto ao quarto, uma advertência bastara. Não que as suspeitas dela tivessem se revelado inexatas, mas era o filho de um veterano comunista, daqueles fundadores do partido, de forma que o tinham libertado.

E os outros realmente queriam fugir? Ela então não se enganara? Não os entregara equivocadamente?

Enquanto garantia o contrário, ele tocou a mão dela com uma mão trêmula. Ela não os entregara, pelo contrário... As mães deles... as irmãs... um dia... caso ficassem sabendo... Acenderiam velas por ela...

Violtsa conhecia todas as palavras dele e, ainda assim, tal como no amor, precisava que as repetisse.

Mas ele, aquele com quem... Dessa vez fora o agente que baixara os olhos. Aquele com quem ela dormira ainda não fora encontrado. Porém todos tinham uma circunstância atenuante, que Violtsa sublinhara em sua delação: evasões sem motivo político.

O agente agora sabia tudo sobre ela, o que a deixava aliviada. Nunca pensara que um agente provinciano, todo ossos em seu terno disforme, fosse se tornar o condutor de sua consciência.

Confiava cada vez mais nele. Mais que as palavras, era o tom pálido de seu rosto cansado e eram principalmente as suas mãos, sempre febris e trêmulas. A moça sentia-se mal com a idéia de que o entendimento entre eles um dia seria rompido. Por enquanto ele não dava nenhum sinal de que solicitaria a repetição do que acontecera naquela tarde ao voltarem de Butrint. Mas aquilo não podia se prolongar por muito tempo.

Certo dia ele a divertiu como nunca, com histórias sobre as putas que tinha sob suas ordens. Uma arranhadela embaixo de sua sobrancelha fora o pretexto. Ela perguntara em tom de brincadeira: "Quem lhe fez este arranhão? Sua mulher?". E ele, todo envergonhado, contara que fora uma briga entre as vadias, bem diante do seu nariz.

Ainda rindo, Violtsa quisera saber se eram elas que cantavam como loucas naquela noite e, quando ele disse que sim, a conversa repentinamente ganhou um tom dramático. Franzindo o cenho, ela indagara sobre seu trabalho com as mulheres da vida. E quando ele se vira obrigado a explicar que eram putas a serviço, quer dizer, encarregadas de fazer ponto à beira-mar para descobrir fugitivos, Violtsa perdeu o humor. Quer dizer então que aos olhos deles ela também devia parecer uma puta a serviço do Estado? Tinham até o mesmo chefe, não era?

Ele tentou apaziguá-la, jurou pela alma de sua mãe e pela vida de seus filhos que não era assim, chamou-a de princesa, estrela-d'alva, mas ela, longe de aplacar-se, foi se enfurecendo. Só quando ele começou a contar como estava montada toda a rede da espionagem feminina, ela, meio por curiosidade, meio por confiança, começou a se acalmar.

O quadro que ele pintou era assombroso. No topo da hierarquia figuravam ainda as "cabras selvagens", como eram chamadas informalmente as companheiras virtuosas do serviço de segurança, aquelas que faziam tudo menos transar e, como dizia um maldoso colega da Segunda Diretoria, só se molhavam na solenidade inaugural de alguma sessão plenária. Imagine aquelas secarronas no papel de putas do porto; claro que não descobriam nada, sobretudo nos últimos tempos. Quando se deliberou o emprego do primeiro grupo de profissionais autênticas, uma feroz hostilidade eclodiu entre as duas facções. Era de esperar que as cabras selvagens receberiam as rivais a pontapés, mas elas ultrapassaram todas as previsões. Queixaram-se, escreveram cartas aos mais altos escalões. Em vão. Embora umas e outras jamais se avistassem ou se encontrassem, as trocas de insultos eram escancaradas. Sabe-se o que as cabras selvagens poderiam dizer das profissionais, pois nada neste mundo é mais fácil de xingar que uma puta. Mas estas não ficavam atrás e seu desprezo ultrapassava qualquer expectativa. Gargalhavam ruidosamente ao imaginarem as outras fingindo fazer o michê. "Então é assim que se roda a bolsinha? Ai, mamãe, só mesmo rindo! Ora, madames, vão para o pé do fogão, vão para os telefones das repartições e deixem este ofício conosco. As imorais são vocês e não nós. Nunca escondemos que somos putas. Assumimos. Mas as indecentes são vocês, que fazem jogo duplo."

As profissionais eram eficazes, mas trabalhar com elas era um deus-nos-acuda. Brigavam por qualquer coisinha, misturavam tudo, davam com a língua nos dentes. Isso para não falar dos relatórios, um dia mostraria alguns deles, uma coisa indescritível.

Havia, portanto, aquelas duas facções. E numa zona intermediária ficavam elas, as aristocratas da profissão. Ele estava decidido a nada esconder: além de Violtsa Morina, havia mais quatro meninas. Mas Violtsa estava em outro nível, não era à toa que a chamava de princesa. Somente ela, por recomendação especial, fora instalada no melhor hotel, as outras ficavam em estabelecimentos de segunda categoria, uma delas fora até instalada numa casa de família.

Portanto, ali estava: ele tinha aberto todo o jogo. Por ela traía os segredos do departamento, violava todas as normas. Estava satisfeita agora?

Tal como da outra vez, ele perdeu as estribeiras. Empalideceu ainda mais, a voz sacudida por soluços. "Agora estou nas suas mãos. Pode me denunciar. Me matar. Me arrasar. Está satisfeita, agora que conseguiu, que me deixou com os filhos na rua, com uma trouxa debaixo do braço e os cachorros correndo atrás? Está contente?"

Foi a vez de ela se encolerizar. Como podia o agente supor que ela fosse capaz de tamanha baixeza? Por quem ele a tomava? Por que a ofendia?

Ele pediu perdão, beijou-lhe os joelhos, como da outra vez, chamou-a de deusa. Mas não foi além disso.

No dia seguinte, quando o agente chegou com uma pilha de papéis nas mãos, Violtsa recusou com um gesto de mão. Se ele pensava em lhe entregar os relatórios das putas para depois pedir uma recompensa, estava redondamente enganado.

Com toda aquela papelada, o tremor de suas mãos dava ainda mais na vista. Duas folhas escaparam e ele curvou-se para apanhá-las, outras mais caíram, recolheu-as também, a duras penas. Quando por fim levantou-se, seu rosto, em vez de congestionado pelo esforço, empalidecera ainda mais. Todo o rubor concentrava-se nos olhos. Parecia que o tempo que passara recolhendo os papéis bastara-lhe para chorar e enxugar as lágrimas. Com voz entrecortada, declarou que nunca uma coisa daquelas lhe passara pela cabeça. Sabia que aquela ocasião jamais se repetiria, não havia por quê, e não devia se repetir. Fora o único raio de sol em sua vida, e toda a razão de ser de sua existência dali por diante resumia-se em mantê-lo intacto. Conforme os dias iam passando, ele se dizia: lá se foi mais uma semana e quem sabe ela começou a perceber que eu nada peço. Depois da semana que vem, há de se convencer. Depois passariam os meses, quem sabe os anos, e ele apodreceria debaixo da terra antes de ela se dar conta de que nenhum de seus admiradores se portara assim... E eis que de repente ela destruíra o sonho, destroçara-o sem dó. Espezinhara-o.

Violtsa interrompeu-o para pedir desculpas, mas ele continuou a repetir as mesmas palavras. Algumas das folhas voltaram a tombar e junto com o gesto de agachar-se para apanhá-las tudo recomeçou outra vez.

Por fim ela conseguiu interrompê-lo. Falou com brandura. Disse que estava tocada por aquele comportamento cavalheiresco. Então, após repetir "desculpe", como se quisesse convencê-lo de sua disposição conciliatória, tomou suavemente os papéis das mãos dele.

Ele acalmou-se mais com o gesto que com as palavras. Sem tardança, dirigiu-se para a porta e saiu.

"Ufa!", fez Violtsa consigo, quando a porta se fechou. Pensou que fosse rir, mas não pôde. O desconforto foi mais forte e sufocou o riso.

Ainda segurava os papéis. Ao se dirigir à sua mesa-de-cabeceira, seus olhos começaram a percorrer um deles: "Enquanto arrancava minhas calcinhas, todo excitado, ele disse: 'Ei, puta de merda'. Eu respondi: 'Você não achou outra coisa para dizer?'. E ele: 'Não esquenta, problema meu. Se eu falo puta de merda, saiba que é de coração. Mas se eu falar querida, amor e as outras porcarias todas, não acredite, é só conversa'.".

Que horror. Violtsa deixou as folhas onde estavam, passou a mão pela nuca, cerrou os olhos. Sentia-se exausta, vazia.

Ligou a tevê. Ficou trocando de canal. Na maioria eram gregos, cada um mais chato que o outro. Tirana exibia um filme pior ainda. Desligou o aparelho, levantou e foi até o banheiro. A *Eneida* continuava aberta sobre a cômoda. Em vez dela, voltou aos papéis das prostitutas. Começou a ler sem muita atenção. Falavam de brigas entre elas e de um certo dr. Kotcho, que uma recomendava à outra, dando a entender que ele sabia de tudo, pois já lhe fizera dois abortos. A outra respondia que dobrasse a língua ao falar do dr. Kotcho, e se ela abortara, todas abortavam, para não falar das que o faziam na cadeia.

Violtsa leu quase uma página inteira sem entender o porquê da briga. Mais adiante havia uma descrição de clientes de diferentes tipos. Violtsa reparou quase com emoção que, em contraste com todo aquele lixo, a escrita das moças era bonita e uniforme, tal como se ensina no primeiro grau, nas aulas de caligrafia. Também ela tivera uma letra muito parecida. As putas, ao não seguirem adiante, tinham conservado a escrita do primeiro grau.

Franziu os olhos, como se reconhecesse alguém em meio àquelas linhas. "Não é possível", disse consigo, enquanto retornava ao trecho que lera sem muita atenção. Uma das prostitutas falava de um soldado alto como um poste que ela e Lili Preza tinham conhecido por acaso num lugar mal-afamado, onde ele entrara com um companheiro, um rapaz bonito, mas os dois pareciam meio bêbedos e quando o altão perguntou 'Quem são vocês?', e Lili respondeu 'Gozadoras', o outro, talvez por ter gostado da resposta, apertou com a ponta do dedo o nariz de Lili, que se derreteu toda, principalmente quando eles disseram que se veriam no domingo seguinte, mas parece que não falavam a sério, pois não apareceram nem no domingo seguinte nem no outro, até que Lili começou a ficar enjoada, chegou a pôr uma fita preta nos cabelos, "O que deu em você?", ela perguntara, e Lili no início não se abriu, mas depois disse: "É aquele soldado bonito, lembra, que estava com o alto e me apertou o nariz, você sabe que eu morro por meninos assim, mas parece que foi o corpo dele que mostraram no domingo passado", e começou a chorar e a contar uma história comprida que me entrou por um ouvido e saiu pelo outro, e eu teria esquecido aquilo tudo se um dia não encontrasse o varapau, também de cara amarrada, pior que ela, mas não disse o motivo, nem quando fomos no mato atrás do hotel velho, o pobre tinha seus problemas, disse que não estava funcionando porque punham brometo no chá, de manhã, mas eu disse que isso acontecia muitas vezes com todo mundo e então lembrei do amigo, perguntei se era mesmo dele o corpo que mostraram na lancha, como disse Lili Preza, ou se era outra das cismas que ela costuma ter, então ele não se agüentou e abriu o berreiro, "É mesmo por causa dele", disse, "era como um irmão para mim", disse, mas sobre o negócio do cadáver ele não tinha certeza, nem pôde me dizer nada sobre as outras histórias que Lili Preza havia contado, que os dois tinham se encontrado um dia por acaso à beira-mar, que estavam namorando, mas que ele mantinha segredo porque assim tinham jurado um ao outro, que ele ainda seria um grande artista e escapava do quartel às escondidas para encontrá-la, passava pelo arame farpado e arriscava o pescoço por ela, até que um dia o guarda o matara bem no arame e outras conversas moles do mesmo tipo, "É, parece mesmo conversa, mas ninguém sabe as causas e o melhor é não repetir esta conversa para ninguém", disse o varapau, e eu disse: "Por mim não se preocupe, não tenho esse hábito", ainda mais porque eu não acreditava em nada que ela dizia, desde o dia em que fiquei sabendo que o nome verdadeiro dela era Zymbyle Himci, mas ela mudara para Lili Preza, de maneira que, mesmo sendo minha amiga, sobre algumas coisas eu não queria conversa, sobretudo aquelas lorotas, "Ele se matou por mim", mais a fita preta como uma Jacqueline Kennedy, para não falar da placa de mármore que, segundo ela, estava sendo gravada por aquele psicopata do Pirro Germenji, que não tirava o cachimbo da boca para parecer um grande escultor, e que ela quer colocar sobre a tumba do soldado com as palavras "Sua até a morte, Lili".

Violtsa afastou a folha de papel com um gesto de desprezo. Fantasias de bordel. Envergonhou-se então do seu nervosismo. Mesmo assim, um minuto mais tarde sentiu que a desconfiança abrira espaço dentro de si. E se houvesse uma ponta de verdade em toda aquela história?

Por várias vezes disse a si mesma que não era possível e por várias vezes sentiu o contrário. Então outra pergunta ofuscou tudo mais: por que o agente lhe dera aquele papel? Mero acaso? Ou de propósito?

Mal via a hora de encontrá-lo e apertá-lo: Que porcarias eram aquelas? E por que ele escolhera precisamente aquelas? Por acaso ele achou que seu caso com Lul Mazrek tinha alguma semelhança com aquele sonho domingueiro de uma puta? Será...

Mesmo depois que se acalmou um pouco, continuou a sentir um gosto amargo. Aquela reprodução empobrecida e enfeada de sua história, como num espelho vagabundo de banheiro público, irritava-a como uma gargalhada maldosa.

A impaciência não a largou a tarde inteira. Queria desabafar de uma vez por todas, com uma porção de indagações cortantes, a maioria começando com "Por que" e "Será que você pensa que". Depois, tranqüilizada, indagar com calma que tipo de gente seria essa Zymbyle Himci, que junto com a fita preta usava aquele nome de mulher fatal, Lili Preza. Para não falar da lápide de mármore e de outras invencionices.

Quando o agente afinal chegou, espantou-se. Esperava encontrá-la bem-humorada, para rirem a dois com aqueles papéis, e em vez disso...

Ouviu cabisbaixo o desabafo de Violtsa Morina. Depois, quando chegou a hora de se explicar, uma das primeiras expressões que usou foi exatamente "fantasias típicas de prostitutas".

Aquelas palavras aplacaram Violtsa com mais eficácia que qualquer justificativa. Desejou ouvi-las de novo, e ele, como se tivesse adivinhado, repetiu-as algumas vezes.

Era uma quimera conhecida de todas as putas. Quem lidava com elas conhecia bem. Jamais passara pela cabeça dele que Violtsa pudesse levar tão a sério uma coisa que, para dizer a verdade, era de fazer rir. Mesmo assim ele se sentia culpado por ter causado aquele sobressalto e pedia desculpas. Agora Violtsa já devia estar certa de que por ela ele estava pronto... a violar... tudo... o dever... as crianças...

Ela pensou em interrompê-lo para indagar se ele achava que ela estava com ciúmes de uma Zymbyle qualquer, mas em vez disso fez outra pergunta. Se eles conheciam aquela quimera, quer dizer, aquela propensão das mulheres da vida a fabulações, por que se ocupavam daquilo?

Ele disse que ela tinha o direito de pensar assim, porém as coisas eram mais complicadas. Respirou fundo antes de prosseguir; fazia algum tempo que Violtsa tinha a impressão de que os estreitos pulmões de seu chefe não se davam bem com conversas prolongadas.

Pensou em dizer-lhe que não se fatigasse, mas conteve-se por medo de ofendê-lo. Entretanto, ele explicava que os delírios das mulheres da rua, apesar de suas falhas, lacunas, mentiras e indefinições, constituíam um filão inesgotável de onde o Estado extraía um material valioso. Todos, quisessem ou não, mais cedo ou mais tarde cruzavam aquele mar de lama: artistas famosos, mendigos, desportistas, funcionários governamentais, epiléticos, mulheres honradas, vagabundos, tipos sem eira nem beira. Como águas subterrâneas, tudo ali se comunicava nas trevas. Nenhum evento, desde os mais banais até as conspirações contra o Estado, podia ocorrer sem deixar suas pegadas ali no lodaçal. Por isso centenas de agentes se ocupavam delas noite e dia. E quando isso não bastava, outras centenas se somavam a elas.

Enquanto ele falava, Violtsa concentrou seu pensamento num ponto: antes de desaparecer definitivamente deste mundo, Lul Mazrek também teria de percorrer aquela derradeira agonia. Imaginou-o ora de cabeça baixa, ora com os braços estendidos, debatendo-se em seus tristes e negros desvãos.

"Cansei-a", observou ele, quando percebeu que as pálpebras dela pesavam. Sugeriu que ela descansasse um pouco.

Ela sorriu, sem responder. Na verdade, o cansaço a possuíra subitamente ao fim de toda aquela tensão.

Ele se ergueu, aproximou-se da porta com passos leves e, ao sair, murmurou baixinho, como se receasse despertá-la: "Descanse, repouse um pouco, minha pequena!".

O episódio das prostitutas aproximou-os muitíssimo mais que toda a sua colaboração ao longo de dois meses. As palavras entre os dois rarearam, enquanto se acentuavam a melancolia nos olhos dele e a ternura nos dela.

O agente visitava com freqüência o quarto de hotel. Às vezes trazia uns pêssegos ou um cone de papel cheio de figos.

Violtsa já não se incomodava. Chegava mesmo a trocar de

roupa na frente dele, ou deixava a porta do banheiro entreaberta ao se vestir depois de uma ducha.

O brilho turvo inicial dos olhos dele, por exemplo ao ver um vestido mal abotoado, agora que ela já não se ocultava, tinha cedido lugar a uma luminosidade tranqüila. Desembaraçada da tentação e do desejo, sua adoração por ela assumia ora a paz de um êxtase místico, ora a candura de um retardado mental. Isso ocorria especialmente nas ocasiões em que ela dormia com alguém. Na semana anterior, acontecera duas vezes. Pela manhã ele a acompanhara com aquele olhar emocionado dos parentes que observam uma recém-casada após a noite de núpcias.

— Tenha cuidado com aquele tipo que estava conversando com você hoje na praia — disse um dia —, não Pirro Germenji, o escultor, mas o outro.

— Eu sei. Não tenho a intenção de trazê-lo para o quarto.

Certa tarde, comovida com um buquê de flores que o agente trouxera, ela disse: "Hoje convidei alguém. Você vai ficar ouvindo?".

Em outra ocasião, quis saber se as fantasias das putas voltavam a registrar o rastro de Lul Mazrek. Estava tão certa de que ele apareceria novamente em algum ponto das conversas delas, como o corpo de um afogado vem à tona. No mesmo dia, perguntou se era possível tomar um café junto com aquela... Lili Preza.

— Nem sei por quê — acrescentou, confusa. — Apenas tive essa idéia. À toa.

Ele prometeu. Não era difícil. Ele convidaria a garota para o terraço e depois deixaria as duas a sós.

Assim foi.

A moça era completamente distinta do que Violtsa imaginara. Não era apenas a idade muito mais tenra e os cabelos penteados com capricho; todo o comportamento dela tinha algo de colegial. Violtsa recordou a escrita de aula de caligrafia nos relatórios e sentiu um aperto no coração. Apenas a fita negra, que lhe ficava muito bem, correspondia ao que ela imaginara.

Violtsa sentiu vergonha das frases de duplo sentido e das perguntas que pensara em formular: "Está de luto por alguém?", e depois a resposta: "Sim, morreu meu namorado", e ela prosseguiria sem ocultar a ironia: "É verdade que você se chama Lili Preza? Não será Rosa ou Zymbyle?".*

Perguntou outras coisas, absolutamente banais, daquelas que são esquecidas no mesmo instante: há quanto tempo estava em Saranda, se gostava da praia, do mar.

A menina respondia com cautela. Ao se expressar, também não mostrava o menor indício de vulgaridade. Só os olhos exprimiam esforço para entender.

Por fim Violtsa indagou se ela perdera alguém, mas de maneira sóbria, bem diferente do que pensara.

A menina fez que sim com a cabeça. Baixou a cabeça tristemente e disse: "Meu noivo". Quando reergueu os olhos, Violtsa teve a impressão de que estavam úmidos. Tocou-lhe suavemente a mão, a que trazia um anel, e manteve-a assim por um tempo.

Não chegara a perguntar a Lul Mazrek se ele tinha pais ou irmãs. Teriam sido avisados? Ou não sabiam de nada e no lugar deles era uma jovem putinha que assumia os ritos do luto?

Ninguém no mundo nunca sabe com exatidão quem porta luto por quem. Afinal, ela, a putinha, só convivera com o morto por alguns instantes, mas neste mundo alguns instantes, ou mesmo uma fração deles, eram o bastante para provocar no coração da menina a centelha que em outros corações requereria anos e anos.

---

*Zymbyle, em albanês, significa "jacinto". (N. T.)

A prostituta tinha razão, tanto quanto todos os que portavam luto por Lul Mazrek.

— Lili, agora vou sair. Quem sabe voltaremos a nos ver?

A menina, que agora já não ocultava o sofrimento de quem não entende em que situação se meteu, acompanhava perplexa os movimentos das mãos da outra, que mexiam com a bolsa.

Finalmente Violtsa achou um vidrinho de verniz para unhas.

— Guarde como lembrança minha.

Enquanto a menina perguntava "Por quê?", dessa vez em voz alta, ela fez sinal ao garçom para que registrasse as despesas na conta de seu quarto.

O rosto suave da menina, na hora em que se abraçaram, transmitiu-lhe um último assomo de ternura.

"Estou ficando sentimental", disse consigo, enquanto apertava o botão do elevador. Um minuto mais tarde pensou em dizer ao agente que um dia levasse as duas a Butrint. Sentariam nas escadarias do teatro, ali onde poderia ter sentado outrora a outra viúva, Andrômaca, em sua vasta mantilha negra. E permaneceriam em silêncio, contemplando o velho palco.

À tarde, na praia, Violtsa encontrou a oportunidade para perguntar ao escultor Pirro Germenji, que ultimamente se juntara ao seu grupo, se ele lembrava da encomenda de uma lápide de mármore em memória de alguém. Fora uma prima dela que a encomendara.

Ele ficou pensativo, depois sacudiu o cachimbo, disse que se lembrava de alguma coisa, e que tinha o texto e o nome da moça marcados no caderno de encomendas do ateliê.

— Não seria uma Lili?

— Exatamente — respondeu Violtsa. — Lili Preza.

— Sim, sim — disse o escultor. — Acho até que ela deixou um sinal. Parece que foi o noivo dela, se não me engano uma morte trágica, um acidente de moto ou algo assim, não foi?

— Isso, algo assim — respondeu Violtsa.

— Sim, sim, deixou um sinal. E já que ela é sua prima, vou fazer um desconto. Diga-lhe que ela não precisa pagar mais nada.

— Obrigada — disse Violtsa. — Vou dizer.

11. O inacreditável

O primeiro sinal do fim do verão pareceu-lhe vir dos barzinhos e barracas ao longo do calçadão. Já não se ouvia o costumeiro entrechoque das pontas de guarda-sóis. Havia um outro ar, estranho, vindo de longe.

Num dos bares, enquanto bebia um café com Pirro Germenji, Violtsa pressentiu o que aconteceria dali a alguns dias: a clientela escassearia, depois, um a um, iriam fechando os estabelecimentos temporários, que só abriam na temporada.

Ela própria, desde a semana anterior, esperara que a mandassem de volta, mas seu prazo fora dilatado outra vez. Aquilo significava que Tirana continuava satisfeita. O agente dissipara rapidamente sua inquietação sobre o que iriam dizer no banco sobre sua prolongada ausência. Tudo se arranjaria com uma requisição urgente, vinda da poderosa Diretoria de Turismo, solicitando que o banco liberasse a funcionária Violtsa Morina para dedicar-se por duas semanas a acompanhar a equipe da Fundação Rothschild.

Aquilo fora um motivo a mais para Violtsa voltar a se ocupar da história e de tudo mais que tivesse a ver com Butrint, de forma que nenhum curioso a pegasse desprevenida quando voltasse do Sul.

Pirro Germenji, sempre mais bem informado que os outros devido ao ofício de escultor, contava que a célebre cabeça de Déa, a deusa de Butrint, com que o Estado albanês presenteara Mussolini nos anos 30, seria quase com certeza finalmente restituída à Albânia pelo governo italiano, após repetidas solicitações.

— É mesmo? — exclamou Violtsa, num esforço para se alegrar. Dormira mal, sentia-se cansada e desatenta.

Pediu um segundo café, depois perguntou ao escultor o que fora feito da encomenda de sua prima. Ele disse que só faltavam as últimas inscrições. A moça poderia ir pegá-la dentro de dois dias e, como ele já dissera, não precisava pagar mais nada.

— Pobre menina — comentou ele a seguir —, dava a impressão de ter reunido todas as suas economias para fazer aquela lápide.

Violtsa agradeceu pelos cafés e pela generosidade para com a prima e, deixando-o, dirigiu-se ao hotel.

Os sinais da mudança de estação ressurgiram, dessa vez sob a forma de um azul inquietante e quase traiçoeiro do mar.

Na recepção do hotel seus olhos deram com o agente. Como de costume, ele fingiu não vê-la e recuou para um dos desvãos do grande saguão. Seu rosto parecia cada dia mais macilento. Só os olhos tinham um brilho enfermiço.

Ela pedira-lhe que a levasse outra vez ao teatro antigo qualquer dia daqueles, antes que as chuvas começassem.

No meio da semana, um dia antes do previsto para o retorno de Violtsa, o holandês louco reapareceu no hotel. Estavam todos em polvorosa, os chefes, o primeiro-secretário da região, por certo até o ministro. Ele atravessara a fronteira com a Grécia, da qual se dizia que não deixavam passar nem uma mosca.

Dessa vez viera a pé e ninguém o detectara. Repetia a mesma ladainha, pedia asilo político, insistia em que fotografara um defunto que se erguera para beber água e a seguir voltara a se estender no leito mortuário.

Violtsa balançara a cabeça, sorrindo; depois, como muitos outros, repetira que "só faltava essa", uma expressão à qual cada um emprestava uma nuance particular.

À tarde, comprou a passagem de volta no ônibus intermunicipal que partia para Tirana às nove horas da manhã de sábado.

Ao cair da noite de sexta-feira, depois de arrumar as malas, pensou em dar um último passeio pela cidade.

Era aquela hora do crepúsculo em que a luz do dia arrefecera por completo, mas a iluminação das ruas ainda não acendera. Os transeuntes que iam e vinham mais pareciam sombras.

Violtsa sentia-se esgotada. Ainda assim, o vazio em seu interior tinha uma espécie de peso, como um templo secreto. Dentro dele, outra vez o vazio. Era triste, mas não ruim. Os vazios se continham uns aos outros, em seqüência...

Pareceu distinguir entre os transeuntes um soldado com o braço numa tipóia. Talvez seu olhar tenha sido atraído pela tipóia branca, que passava em torno do pescoço para dar apoio ao braço machucado. Várias vezes seu coração dava um salto quando ela avistava um soldado ao longe. Era o que acontecia naquele entardecer. Depois os saltos iriam diminuir, até cessarem para sempre.

Violtsa pensou mais ou menos o mesmo que em todas as outras vezes. Ainda assim, sem saber bem o motivo, sentiu-se tentada a fazer o que nunca faria no meio da rua: voltar a cabeça.

O soldado também se detivera e olhava para ela. Violtsa parou. Alguém ao lado roçou nela. Outros dois quase a atropelaram descuidadamente e sem interromper uma risada pediram desculpas.

Petrificada, Violtsa viu que o soldado não só se detivera, mas agora parecia que vinha em sua direção. Os passantes dificultavam seus passos e ela teve a impressão de que iria gritar: "Cuidado, não estão vendo que ele está ferido?".

Tinha permanecido a alguns passos de distância, como um bichinho trêmulo e hesitante. Ele parecia assombrosamente com Lul Mazrek. Por um instante achou que ele viraria e iria embora.

Deu um passo na direção dele. Depois outro.

— Lul? É você?

Não ouviu a própria voz. Tudo ensurdecera ao seu redor e cercada de silêncio ela esperou que a resposta viesse de mais além. Em vez de palavras, distinguiu um gesto da cabeça do soldado.

Violtsa deu outro passo. Ah, era ele mesmo. Pessoas esbarravam nela, de um lado e do outro, num turbilhão infernal. Ela estendeu a mão para segurar o braço dele e sacudi-lo. Mas só conseguia distinguir o braço enfaixado.

Fez-se outra vez um profundo silêncio. Ao longe, os ruídos do dia mal chegavam até eles.

— O que aconteceu? — gritou, quase com raiva.

Pensou dizer: "Está ferido? Foi para a prisão? O hospital? O outro mundo?". Pensou em tudo aquilo e até gritou-o para ele interiormente. Mas de sua boca escapou apenas um "Fale!".

Continuavam a esbarrar nela, pelos dois lados. Alguém até soltou uma praga por entre os dentes.

— Fui duas vezes ao terraço.

Meu Deus, era a voz dele. Ela sentiu-se derreter. Agora entendia por que duvidara de tudo desde o princípio.

— No terraço? Por quê?

Distinguiu os lábios, mais exatamente os maxilares, movendo-se para formar as palavras, mas o som tardava a ecoar em seus ouvidos.

— Queria ver você... Queria dizer...

Finalmente ela achou o outro braço dele e o envolveu com o seu. Havia naquele toque tanto uma doçura de noiva quanto uma frieza de policial desconfiando que o prisioneiro poderia escapar.

— O quê? O que queria me dizer?

Ele deixava-se levar para onde ela ia.

— Tudo...

O que ele queria dizer com "tudo"? Seria possível dizer tudo? Seria certo?

Agora os dois caminhavam pela parte do calçadão onde havia menos gente. Aqui e ali, bancos de madeira.

Enquanto andavam, ela pensara ter dito: "Eles sabem que você está aqui?". E ele respondera: "Eles quem?". Ela insistira: "Você sabe melhor do que eu quem são eles. Quer dizer, estão procurando você? Como procuravam o afogado... o fugitivo?".

Ela agora julgava que tinham sido palavras dela que não haviam chegado até ele. Mas quando Lul Mazrek respondeu "Não, não sou um evadido", ela compreendeu que não fora assim e o que se passava entre os dois era de outra natureza.

A caminhada deles também era assim. Violtsa achou que estavam se distanciando demais, até que avistou um banco vazio, na verdade a poucos passos de distância.

— Vamos sentar — disse, apontando o banco.

Foi a primeira a sentar. Depois mudou de lugar para ficar do lado do braço sadio dele.

Passou o braço pelo pescoço de Lul e murmurou:

— Vamos, me abrace!

Quis dizer "Quantas saudades", mas não pôde. As palavras

no princípio lhe pareceram forçadas, depois, falsas. Sentia que precisava achar outras, mas onde?

Ele permaneceu imóvel.

— Como você emagreceu... — disse, baixo, enquanto pensava consigo o que teriam feito com ele. — Você disse que procurou por mim no terraço? O que queria me dizer?

Ele repetiu as mesmas palavras: tudo...

As luzes do calçadão agora estavam acesas, mas o banco onde sentavam fora encoberto pela penumbra de algumas folhagens.

— Tudo... — disse ela. — Mas... primeiro queria saber uma coisa... Primeiro queria que você... — Perdeu outra vez o raciocínio. Aquilo que queria saber subitamente pareceu-lhe impossível. E, depois, amedrontador. E depois ainda, de tal natureza que talvez não devesse ser sabido já que tão bem se ocultava. E assim, soluçando, acreditou ter dito por fim: "Era ou não era você que estava na lancha, coberto por um lençol ensangüentado?".

Por algum tempo ele não respondeu. Quando o silêncio se prolongou, a moça pensou que de novo não chegara a formular a pergunta. Respirou fundo, disposta a arrancá-la finalmente do peito. Foi preciso mais algum tempo até ele responder:

— Era eu.

A moça afastou a cabeça, como se a tivessem golpeado.

— Como? Como era você? Fale! Estava ferido? Morto? Semimorto? Fingindo?

— Espere. Vou contar tudo. Não me apresse.

Ela estreitou a fronte entre as mãos. "Ah, seu incorrigível malandro, como pode pensar que me enganará de novo?"

— Pelo menos me diga uma coisa — exclamou debilmente —, pelo menos...

Tal como antes, uma névoa voltou a envolver o que ela queria dizer. "Impossível", repetia consigo. Tudo era impossível.

As pedras lambidas pelo mar se mostraram repentinamente em toda a sua nudez, tal como na manhã em que ela correra para o cais. A bruma já não as cobria e elas alvejavam, lugubremente banhadas por sabe-se lá qual fonte de luz.

— Pelo menos conte como sabia — disse ela. — Como sabia — gritou. — Ouviu? — Sentiu que, junto com o grito, tudo se libertava dentro dela. A claridade fez-se ofuscante e insuportável. E junto com ela as palavras transbordaram. — Como você sabia? Porque você sabia, chegou até a dizer que eu viesse até a praia. Como alguém pode saber que caminha para a morte e seguir caminho com seus próprios passos? Como dizer a mim que o fosse ver? Já me fiz essa pergunta centenas de vezes. Entende? Centenas de vezes. — Violtsa já não continha os soluços. — Você está me enlouquecendo, entende?

Ele respirava com dificuldade.

— Não me faça sofrer, eu peço — respondeu ele em voz baixa. — Vou contar tudo. Pensa que não fiquei louco também?

O pranto aliviou Violtsa. Ela aproximou o rosto do peito dele, acariciou suavemente seu braço machucado. Pediu-lhe desculpas. Disse-lhe coisas doces.

Ele também foi se apaziguando.

Ela decidiu não acossá-lo mais com seus "Fale!". E, depois de um longo silêncio, Lul Mazrek iniciou seu relato.

Foi uma fala difícil, cheia de obstáculos. Como um regato lodoso, detinha-se, perdia o rumo, às vezes retrocedia para depois tudo cobrir com suas águas turvas.

Cada vez que se dava conta daquilo, ele repetia a promessa de nada omitir. Revelaria segredos de Estado que ele jurara silenciar, e ao revelá-los arriscava a cabeça. Havia ainda seu segredo, contra o Estado, que também podia lhe custar a vida. E mais outros segredos, que decidira levar para o túmulo. Mas confiava que ela não o entregaria.

Num gesto semelhante ao dos cegos, tateou em busca da mão dela, como se tentasse se assegurar de sua lealdade. Desde o dia em que chegara a Saranda como soldado, antes mesmo de envergar o uniforme, só pensara numa coisa: evadir-se. Já na sua cidade, um amigo, Nik Balliu, incutira-lhe a febre. O medo de falar do assunto, as diretivas e resoluções, os cães, as maldições só tinham servido para alimentar seu desejo. Ficava imaginando as vias possíveis: pelo mar, numa câmara de ar de caminhão, numa lancha, numa jangada, a nado. Caçado pelos refletores e pelas balas das metralhadoras. Rastejando por terra, farejado pelos cães. Pelos céus nas asas de uma coruja, como num sonho.

Tornou e retornou incontáveis vezes aos meios de fuga, como num pugilato com eles. Câmaras de ar eram leves e de uma cor adequada, discreta, mas tinham um defeito: podiam estourar. Comparativamente, as jangadas de madeira eram mais seguras, porém possuíam também suas dificuldades, o fabrico, a navegação, além do quê davam na vista. A melhor de todas as vias era o nado: você, sozinho com seu destino.

Enquanto ele falava, Violtsa sentia dificuldades em segui-lo. Referia-se ao passado ou ainda tinha esperanças? Sentiu o impulso de interrompê-lo: "Lul, você ainda pensa nessas loucuras, com este braço quebrado?".

Mas ele próprio se encarregou de esclarecê-la. Contou que depois de varar noites e noites pensando em tudo aquilo, o destino, brincalhão, quebrara seu braço.

Moveu o membro enfaixado e suspirou. Mesmo assim sentia-se forte. Capaz de se defrontar com cães e humanos, de remar, de nadar. Longe de precisar de estímulos, carecia de contenção. E era precisamente o que fazia: continha-se, tranqüilizava-se, não havia pressa. Ele estava, como dissera Nik Balliu, na mesa do banquete. A ocasião apareceria. Sem falta. A B. não voltaria, nunca mais. Aquele fim de mundo emporcalhado, mal se livrara dos currais e galinheiros e já pensava ser uma cidade; nunca se daria conta do quanto era tediosa e provinciana. Com suas duas raposas e um lobo sarnento que faziam as vezes de jardim zoológico. Um barracão com bancos de madeira, cobertos com nomes entalhados de vagabundos, a fingir ser um teatro. Ali tinham insultado pela primeira vez seu sonho de ator. Tinham-no pisoteado como se estivessem decididos a fazê-lo desistir. Mas não tinham conseguido. Aquilo era como o tesão pelas mulheres. Até mais forte. Alguém podia vencer o tesão emasculando-se, mas era impossível extirpar a obsessão pelo palco. E o que não diziam dos que queriam passar a fronteira? Havia naturalmente os que tinham suas idiossincrasias políticas, mas falava-se de outros que fugiam para enriquecer, ou simplesmente por gosto; quanto a ele, só uma coisa contava: ser ator. Por isso faria tudo: iria embora, arriscaria a própria pele, trairia a pátria, como se dizia. Mas no Exército, exatamente ali onde menos seria de se esperar, pela primeira vez tinham-no chamado de "artista". Pensara que mofavam dele. Mas logo entendeu que não. Tomavam-no sinceramente por um artista, assim como em B. tomavam as duas raposas e o lobo por um zoológico e o barracão escalavrado por um teatro. Pediram que ele se apresentasse na festa de Primeiro de Maio. Sentiu confusamente que uma oportunidade estava se abrindo. O sonho antigo, que até então só lhe trouxera contratempos, talvez viesse por fim a servir para alguma coisa. Quando o comandante, satisfeito com os ensaios, dissera que o levaria na lancha para mostrar o teatro antigo, ele a custo ocultara seu contentamento. Seu primeiro pensamento fora o da fuga. Quantas vezes, ao passar, não tinha fitado a lancha cheio de inveja, como se ela fosse o pássaro salvador dos contos da carochinha? Agora subiria nela. Dezenas de antecipações fervilhavam em seu cérebro. E em todas repetia-se a mesma cena: ele, Lul Mazrek, e o comandante confrontando-se num combate mortal.

— Diziam que ele era homossexual, mas pouco me importava... E foi precisamente naquele momento que encontrei você.

Violtsa, que até então acompanhara com esforço o confuso discurso, para filtrá-lo com a máxima nitidez, respirou aliviada. Tinha a impressão de que, junto com a voz do narrador, a narrativa se esclareceria.

— Naquele momento conheci você — repetiu ele — e imediatamente tudo se confundiu ainda mais do que antes.

Ele fez um recuo no relato, dessa vez mais longo e fatigante, como se desejasse encobrir algo que ficara exposto. Violtsa não conseguia acompanhá-lo. Ele passou a falar, quase num delírio, de seu pavor do comandante, dos olhos dele, frios como ponta de faca, dos ciúmes de outro soldado que, aparentemente, fora amante do oficial. Depois, do novo cão trazido da Alemanha, cujos olhos tinham uma cor pálida e gélida que espantosamente lembrava aqueles do comandante. Falou de um posto de vigia e de uma igreja ortodoxa com sua cruz inquietadora, bem no meio do mar, sobre um rochedo deserto entre a Albânia e a Grécia. Rememorou outra vez as duas ilhas desabitadas, onde não ficava claro se tinha ou não desembarcado com o comandante, assim como do enfrentamento dos dois, um combate feroz, em que os olhos de ambos se percorriam de alto a baixo, e no meio deles havia outro olho, o do revólver, enlouquecido, de cambulhada com gritos que também não se entendia se eram de pavor ou gozo, assim como não ficava claro se todo aquele combate acontecera de fato ou fora tal como antes uma antecipação de Lul Mazrek.

Triste, Violtsa voltou a acariciar-lhe a mão por um tempo, depois murmurou suavemente ao seu ouvido:

— Lul, você disse que naquele momento me conheceu... Continue!

— Sim, sim. Desculpe. Faz tempo que não converso com ninguém. Vou me esforçar para encurtar a história. Quando conheci você, tudo virou de pernas para o ar. Minha cabeça esvaziou-se por completo. Apagou-se, congelou-se o desejo de ir para o Ocidente. De repente, o Ocidente ficou sendo você, entende?

— Meu amor... — Ela abraçou-o e escutou uma parte da fala dele assim, de rosto colado. As palavras, sem percorrerem seu trajeto costumeiro pelo ar, soavam diferente.

Até o dia em que se conheceram, ele pensava noite e dia em como escapar. Mas ela não podia imaginar o que é ser um soldado apaixonado. A chuva encharca você, o oficial o ofende, a lama se infiltra por sua boca quando você rasteja por ela, tudo está contra você e tudo você sofre em dobro, em triplo, porque parece que tudo vem acompanhado da interpelação sarcástica: "Apaixonou-se, é?!". Então tome estes espinhos, entre nestas grotas, e tome estes palavrões, sempre acompanhados pela ameaça: "Se continuar assim, adeus, licença!". E o pior de tudo era o comandante. Cravava aqueles olhos apavorantes nele e, como se soubesse exatamente o que se passava pela mente do interlocutor, passava a ponta do indicador por entre os dedos da outra mão, simulando uma vagina, e dizia: "Nada disto no domingo! Nada de foda!". Cada palavra era a morte.

Assim, quando depois de um exercício de rastejamento pela lama, o comandante o chamara de lado e dissera "Artista, tenho um serviço para você", mesmo pensando no pior ele se apresentara obedientemente. O outro acabara de voltar de um encontro com o ministro. Seus olhos chispavam. Estavam no meio de uma semana horrorosa, aquela, do auge das evasões. Ele pensou então que o outro... se declararia... não sabia que palavras ele usaria... o seu amor. O comandante já emitira certos sinais e ele sentia que a hora se aproximava. Estava paralisado, espiritualmente arrasado, chegou a pensar que a ocasião fora escolhida expressamente, com ele assim enlameado, para que fosse mais fácil vencê-lo. O oficial manteve os olhos baixos ao falar, mas o que disse era inacreditável. Ele não queria... amor. Queria outra coisa. "Escute, artista, tenho um papel para você. Um papel autêntico. E terrível." Lul Mazrek precisou de algum tempo para entender. Propunham-lhe de fato um papel, tal como no teatro; o papel principal numa apresentação dramática, apenas não numa sala de espetáculos, mas ao ar livre, como na Antiguidade. Enquanto ouvia as explicações, começou a tremer. Representaria um evadido, mas não vivo e sim morto, coberto por um lençol ensangüentado. Não sabia por que tremia tanto, se de medo ou de uma doentia embriaguez. Por certo seria esta última. O sonho antigo se realizaria, mas numa versão aterradora. Tudo se transfigurava. Não haveria convites para a estréia, nada de convites, apenas um completo silêncio. E ele, o ator oculto, longe de se apresentar ao público, manteria seu papel para sempre secreto. Do contrário, estava morto. Tremendo cada vez mais forte, ele ouvira as últimas recomendações. No dia seguinte, sairiam juntos, para um lugar ermo, onde realizariam os ensaios. Como recompensa, podia haver uma ou duas licenças.

 Assim tinham sido suas excursões na lancha. Junto com ela, vieram os boatos. Mas nenhum dos dois ligava. Lul Mazrek só pensava na licença que o levaria até a garota. O outro não se sabia em que pensava. Eles navegavam até um posto de vigia abandonado. Era um lugar escarpado, onde havia apenas o esqueleto de um velho barco e uma torneira de dupla embocadura. Ali esperavam por um sujeito caladão, uma espécie de pintor ou troca-tintas, a quem cabia misturar o tom de vermelho em uma lata e fazer os testes num trapo branco. Ele ficava de lado, observando as mudanças da cor depois de secar, assim como a localização das manchas. Quando o pano estava pronto, Lul Mazrek se estendia numa padiola que tinham trazido sabe-se lá de onde. Cobriam-no com o pano e ele punha-se a escutar o que diziam. Não estavam contentes. O comandante insistia que as cores e a disposição das manchas tinham de ser perfeitamente convincentes. Senão, seria a perdição de todos. Às vezes ele próprio empunhava o pincel e, nervoso, sujava-se todo, como se estivesse num açougue. No fim, tinham achado a tonalidade requerida, de um rubro que escurecia após secar. Também tinham se decidido a respeito das manchas...

— Duas grandes no meio do corpo e outra mais em cima, ali onde deveria estar a cabeça... — interrompeu a moça, baixinho. — Até a morte não vou esquecer.

— Sim. Era uma tarde de sábado quando, de repente, o comandante me disse: "É para amanhã, antes do nascer do sol". Depois, lembrando da licença, tirou um papel do bolso, assinou e passou para mim, dizendo que eu me cuidasse. Foi assim que fui até você.

Os dois respiraram fundo, como se tivessem acabado de galgar o cume de um monte.

— Depois aconteceu o que aconteceu — disse Violtsa, quase num suspiro. — Tudo foi maravilhoso até que, no fim, você disse aquelas palavras incompreensíveis. Diga, por que aquilo? Queria me fazer sofrer, me torturar? Diga, por quê? Não se sentiu mal, não teve pena de mim?

— Não é isso. Não... Na verdade, não sei por que disse aquelas palavras. Foi um momento de delírio. Não pensei bem.

Ele tentou explicar que tudo aquilo tinha acontecido num momento em que ele estava permanentemente febril. Ele continuava a sonhar com ela como antes, talvez com mais afã, mas era uma coisa que se misturava com o renascimento da paixão pelo teatro. Na verdade era um sentimento que também se ligava a Violtsa. Sempre que ele pensava no sucesso, nas luzes, no palco, na sala de espetáculo, na aclamação do público, nas flores, não conseguia separar aquilo tudo dela. Os olhos de Violtsa na primeira fila da platéia, a emoção, as lágrimas, essas coisas que muitos poderiam considerar melodramáticas, mas não os profissionais do teatro, que só vivem para esses momentos. E então o destino lhe reservara outra sorte. E ele precisava se esconder do mundo inteiro, inclusive da pessoa mais amada, pois seria ele a subir na ribalta. Era uma tortura. Em dado momento chegou a querer contar-lhe tudo, mas a ameaça de morte congelara seu sangue.

Ela quis interrompê-lo outra vez, para dizer que aquilo não fora uma encenação de verdade e que ele não desempenhara nenhum papel, apenas permanecera imóvel sob o lençol. Mas teve medo de magoá-lo.

A sombra da interpelação levou-a, contudo, a interrompê-lo:

— Você não está sendo sincero de todo — disse. — Por que não admite que queria, antes de mais nada, que eu sofresse? Que, ao pensá-lo morto, passasse a valorizá-lo mais, a viver mais fortemente a perda, a deixar que ela me roesse por dentro?

— Talvez — admitiu ele placidamente. — Pode ter sido assim. É sabido que, no amor, um sempre deseja que o outro sofra.

— É?

Ele pareceu não ter se dado conta da amargura da moça. Tentou retornar à frase estropiada da hora da despedida, à porta. O mistério dela, acreditava, fora apenas conseqüência da indecisão quanto a dizer ou não a verdade. Não ousara fazer o convite às claras, mas parecia-lhe insuportável não convidar a amada para aquilo que encarava como sua estréia. Febril, movido por um êxtase momentâneo, uma espécie de vertigem, falara assim pela metade, como um idiota. Em outras palavras, se ninguém no mundo sabia que ele iria desempenhar seu primeiro papel, ao menos ela saberia.

Antes de interrompê-lo de novo, Violtsa acariciou-lhe demoradamente a mão.

— Lul, vou lhe fazer uma pergunta... Você estava, ou melhor, você está orgulhoso daquele papel?

As costas dele pareceram retesar-se. O olhar permaneceu fixo, como antes, mas o ritmo da respiração se acelerou.

— Não traí ninguém — disse com tom grave. — Apenas representei a mim mesmo.

Violtsa prosseguiu sua carícia suave, buscando apaziguá-lo. Sentia-se que ele já dirigira aquela pergunta a si próprio. A moça temeu que ele parasse de falar. Pouco depois, ao beijá-lo levemente no pescoço, sentiu-o engolir em seco, como acontece a pessoas contrariadas que se preparam para uma briga.

Não foi o que aconteceu. Em tom pausado, ele passou a falar da manhã do domingo: o despertar antes do amanhecer, o percurso até o posto de vigia abandonado, o ato de deitar-se sobre a lancha, estendendo sobre si o pano ensangüentado. Por fim a embarcação partira. O ruído monótono do motor dava sono. O azul do céu penetrava melancolicamente por entre o tecido. Depois de um longo trajeto, a lancha reduziu a velocidade, o motor agora em marcha lenta. Lul Mazrek entrava em cena. Ouvira a voz do comandante: "Cuidado, o cais está cheio de gente".

Como teriam se reunido? Como teriam ficado sabendo?

O ruído do motor cessara por completo. Lul Mazrek sentira o silêncio da platéia. Nada via e nada ouvia, mas a comoção o impregnava por completo. Soluços abafados de mães e irmãs. Noivas aflitas. Medo.

Quantas vezes ele se imaginara a suspender a respiração da

platéia? E que em meio a ela se ouvia um soluço, como uma corda de violino se rompendo.

O terror e a piedade, primeiras coisas aprendidas de Aristóteles por todos que se preparam para a Escola de Artes, faziam-se sentir cem vezes, mil vezes mais fortes.

Era a sua estréia, e ela, Violtsa Morina, tinha que estar ali, convidada por ele, como se convidam as amadas. Na primeira fila, com os olhos em lágrimas, portando as flores com que lhe presentearia após o espetáculo. Ou que depositaria sobre seu corpo. Seus olhos úmidos e orgulhosos por fim seriam vencidos. "Vê como estou, amor? Com o corpo trespassado, mordido pelos cães." Estendido ali, ele mal se continha, como se o sangue fosse realmente seu.

Mas não se devia fazer um julgamento precipitado. Sobretudo ela. Lul lhe dissera um pouco antes que representara a si mesmo: a sua futura morte. Violtsa Morina, sua amada, não lhe dissera que iria embora logo após o fim da temporada? Pois também ele assim o faria. Logo que ela se fosse, Lul faria o impossível para evadir-se. Talvez para findar assim, coberto por uma mortalha, na proa de uma lancha. Portanto, não tinham o direito de inquiri-lo. Principalmente ela.

Fora um dia dúplice, ao mesmo tempo hoje e amanhã. Ainda vivo, mas com o corpo já caracterizado para a morte. Amanhã, na apresentação seguinte, corpo e espírito talvez estivessem ambos mortos. "Estão satisfeitos?" Com aquelas palavras desejava interpelar todos os espectadores do mundo. E principalmente ela.

Durante todo o tempo em que ele falava, Violtsa beijava-lhe levemente o pescoço, bem perto da garganta, ali onde brotava seu amargor.

A permanência no velho cais se prolongara bastante. Quando o motor fora ligado de novo e a lancha seguia mar adentro, ele ouvira o comandante dizer: "O espetáculo acabou, descanse!".

Mas o espetáculo não acabara. Depois da cidade, houve a turnê pelos povoados e aldeias ao longo do litoral. Tal como fazem os grupos de teatro depois de uma estréia. O comandante não o deixava descobrir-se mesmo quando estavam longe da costa. Temia que o vigiassem com binóculos, fossem eles gente mal-intencionada ou os do seu próprio lado, por exemplo o primeiro-secretário da região, ou o próprio ministro, ou ainda inimigos instalados na Grécia.

Ele permanecera tal como antes, estendido, embora afastando um pouco a mortalha de pano. As povoações se sucediam, petrificadas como no auge do inverno. Até as vestimentas das pessoas na costa pareciam confeccionadas em pano negro. Aqui e ali divisava um camponês que apascentava suas ovelhas, a torre de um presídio, onde se distinguia o perfil de uma metralhadora, alguns eletricistas reunidos em torno de um poste, uma igreja sem cruz.

O espaço lhe parecia vasto e deserto sem Violtsa Morina. Voltou a sentir sono. Semi-adormecido, acudiam-lhe fragmentos de coisas que aprendera sobre o teatro. Seu espetáculo não era inédito como acreditara a princípio. Longe disso, assemelhava-se mais a uma volta às raízes. Aos primórdios onde o drama possuía um único ator. Ou, antes mesmo, ao tempo em que ainda não havia teatro, mas apenas um indivíduo-personagem. Sacrificado numa emboscada ou num altar. Tal como ele, Lul Mazrek.

Cessara de dormitar quando o motor silenciou. No silêncio que se seguira, tinha ouvido finalmente as palavras tão aguardadas: "Artista, o espetáculo acabou!".

— Que monstro! — exclamou Violtsa.
— Quem?

— O seu comandante. Quem mais?
— Ah...
— E depois? O que aconteceu depois?

O silêncio dele parecia interminável e ela arrependeu-se de tê-lo interrompido.

— Depois... aconteceu uma coisa...

Repetiu aquilo várias vezes e, a cada repetição, detinha-se na última palavra como quem chega à beira de um precipício.

— Uma coisa grave? Uma coisa que você não quer lembrar? É isso, Lul? Se for assim, não conte.

— Não... Não foi isso. Aconteceu uma outra coisa, que eu não sei... exatamente...

Violtsa concentrou-se tanto em arrancar algum sentido daquele balbuciar que chegou a sentir dor. Nem na ocasião, nem mais tarde, no hospital, ele chegara a ficar sabendo o que ocorrera. Tinham-lhe dito que após erguer-se num impulso sentira uma tontura e caíra de mau jeito, chocando o crânio com o convés da embarcação. Era uma versão verossímil, depois de permanecer imóvel como um cadáver durante cinco ou seis horas seguidas. Ele até recordava a tontura. Apenas, no último instante, quando já tombava, teve a impressão de que o golpeavam com um ferro na nuca. Mas também não tinha certeza. Talvez fosse fruto de uma fantasia. Incontáveis vezes ele imaginara a relação com seu superior assim, violenta. Quando chegasse a hora, golpearia, ou seria golpeado, sem piedade. A idéia de que, findo o espetáculo, desejariam suprimi-lo para apagar vestígios alimentava suas suspeitas.

Voltara a si depois de várias horas no Hospital Militar de Girokastra. Além da pancada na cabeça, quebrara um braço. Tinham-no colocado sozinho num quarto, talvez para que não falasse com ninguém. Não tinham avisado a família. Esperava-se uma decisão da junta médica para declará-lo inapto para o serviço militar.

Alguns dias mais tarde, quando lhe disseram que podia sair durante as tardes, seu primeiro pensamento fora o de partir para Saranda. Pegara carona no primeiro caminhão que aparecera na rodovia. Quanto mais se aproximava da cidade, mais aumentava sua angústia. Temia que ela já não estivesse ali. Passou duas vezes pelo terraço e ela não estava. Já perdera toda a esperança quando a avistou. Fora assim.

— Coitado, o que não teve de agüentar...

A moça passara um braço em torno de seu ombro e com a outra mão o afagava. Beijou-o de leve na têmpora direita, talvez onde ele fora golpeado, e a seguir nos lábios frios. Os beijos faziam com que parte das palavras não lhe chegasse, mas nem ele as repetia nem ela se importava com isso, pois podia imaginá-las.

A mão dela desabotoou o dólmã do uniforme e acariciou-lhe o peito. Depois, deslizou cautelosamente para baixo, até o sexo. Afagou-o através da calça, com dedos longos, nervosos, desencorajados.

"Você já não é o mesmo, Lul..." Conteve aquelas palavras, embora sentisse que elas a sufocavam. Onde estava o menino que ela conhecera, misto de cabrito montês e roseiral selvagem? O que tinham feito dele?

Murmurou baixinho ao seu ouvido:

— Desculpe por uma última pergunta. O comandante... Os boatos que surgiram sobre você e ele... Não eram verdade, eram?

O silêncio prolongou-se novamente. Pelos movimentos de seu pomo-de-adão, tinha-se a impressão de que ele sufocava.

— A pergunta incomoda você? Não responda, amor. Esqueça.

— Prometi contar tudo. Apenas sobre isso preferia que não tivesse perguntado. No entanto... talvez não tenha sido bem assim.

— Desculpe, amor. Eu entendo. Desculpe...

Sua voz tremeu e fraquejou. Ela recordou seu próprio segredo, que Samir Braia revelara na prisão. Tudo começara ali.

Voltou a acariciá-lo, a desculpar-se, a beijá-lo com ternura.

— Você está chorando?

— Não sei — respondeu ele. — Talvez sejam as suas lágrimas.

Violtsa tentou enxergar que horas eram.

— Está ficando tarde. Amanhã preciso levantar cedo. Já disse que estou voltando?

— Não.

— Amanhã às nove horas. No ônibus para Tirana.

— Quer dizer que esta era a última chance.

— É, a última chance. Que bom que você veio!

Os dois levantaram e caminharam na direção do hotel. Este resplandecia em seus sete pavimentos.

— Lul, não vou convidá-lo a entrar. Entenda, amor. Não tenho o direito. Meu contrato acabou hoje.

Ele não perguntou que contrato era aquele e com quem. E nem ela sabia ao certo se dizia a verdade ou não. Talvez as duas coisas, a verdade e seu contrário. Sua tarefa estatal findara à tarde, mas isso não a impediria de fazer um último convite.

Na escadaria externa ela o abraçou.

— O que vai fazer agora?

— Não se preocupe comigo — respondeu ele, calmo. — Acharei algum caminhão que me leve de volta. Se não, deitarei em algum banco até que amanheça. A noite está quente.

Ela assombrou-se com seu próprio comportamento. Embora com o coração partido de pena, não vacilou em convidá-lo ou não. E não foi por medo do Estado ou por uma questão de consciência. Sentia, confusa, que obedecia a um pacto supremo, embora nem humano nem divino: não era lícito partilhar o leito com um ser mutante como ele era então, que não pertencia nem a este mundo nem ao do além.

Abraçou-o de novo, dessa vez sem conter os soluços, pois sabia que era o último abraço.

— Procure por mim quando for a Tirana. O Banco Nacional, como você deve saber, fica bem no centro, na praça Skanderbeu. Diga que está procurando por sua prima Violtsa Morina...

Foram as últimas palavras dela. Depois voltou-se e subiu a escadaria, enquanto ele se afastava em direção à praia, em busca da área do calçadão onde ficavam os bancos de madeira e a escuridão.

Violtsa Morina realmente partiu no ônibus das nove horas. Enquanto os passageiros ocupavam seus lugares, ela observava pelo vidro da janela o jardineiro do hotel regando as flores do terraço. Um dos ingleses da Rothschild acenou-lhe de fora. No último momento, quando o ônibus já se movia, deu com a silhueta do agente. Ele permanecia em pé, atrás da grande fachada envidraçada, os olhos cravados em sua direção. Através do vidro, parecia esgotado e emagrecido.

A viagem era longa e cansativa. Em casa receberam-na com alegria. Disseram que nunca a tinham visto tão bonita e bronzeada. A mesma coisa, em frases mais rebuscadas, ela ouviu no dia seguinte, dos colegas do banco.

Depois de dois meses de ausência, não era fácil concentrar-se. A toda hora ela erguia os olhos para olhar pela janela. Os dias de maior calor tinham ficado para trás e o céu estava cheio de pequenas nuvens travessas. Ao olhar a praça Skanderbeu, com seu costumeiro movimento de pedestres e ônibus, sentiu de repente saudades da capital.

Por volta das onze horas, quando desceu com os colegas de escritório para tomar um café no térreo, todos disseram mais ou menos as mesmas coisas sobre a aparência dela e o bem que as férias tinham lhe feito.

Sem saber que resposta dar, ela sorriu. Agora ela própria já estava convencida de que tinham sido as melhores férias de sua vida.

Do inquérito posterior

O EX-MINISTRO DO INTERIOR: *Antes de prestar depoimento, tenho um pedido: tirem, se não as algemas, pelo menos o capacete de motociclista. Não é justo eu ter que amanhecer e anoitecer com isto na cabeça. É uma forma de tortura, e a lei proíbe a tortura. Os senhores podem talvez dizer que eu fiz o mesmo com meu antecessor. Não nego, fiz. Mas eu era ministro de uma ditadura, aliás é por isso que estou aqui, enquanto os senhores são, ou dizem ser, funcionários de um Estado democrático.*

Pelo que percebo, desejam lançar contra mim uma acusação gravíssima: crime contra a humanidade. É a primeira vez que escuto que amedrontar os moradores de uma cidade ou de alguns povoados possa ser chamado assim. É injusto que eu seja julgado, hoje, com base em parâmetros que naquele tempo não eram conhecidos ou não eram aceitos. Para nós, crimes contra a humanidade eram o extermínio em massa de povos, os campos de concentração fascistas, a exploração da classe operária, coisas assim, que, aliás, os senhores conhecem tão bem quanto eu.

Quanto ao nosso caso em especial, é conveniente não com-

plicar as coisas. Nós precisávamos de um cadáver. Nisso se resumia todo o problema. Podem esbravejar tudo que quiserem, mas a verdade é esta: precisávamos de um cadáver.

A primeira idéia, o início de tudo? Acho que também aqui não tenho motivos para arcar com um peso que não me cabe, de ter elaborado uma tese, uma doutrina, ou seja lá que diabo de terror psicológico for etc. e tal. Tratava-se simplesmente de encontrar formas de conter as evasões. Um oficial, Tomor Grapshi, procurou-me certa vez para propor a idéia. Não sei o que ele afirmou ao depor, mas foi assim que aconteceu. Admito que sem a minha aprovação nada teria sido feito. Eu permiti.

Gostaria de acrescentar, a esse respeito, que poderíamos ter sido mais cruéis. Poderíamos, por exemplo, ter ido ao necrotério e requisitado um cadáver. Ou, pior, ter acertado um tiro na cabeça de alguém, declarando depois que ele queria se evadir. Mas não, em vez disso, escolhemos um soldado que desempenharia o papel de morto. Um certo Lul Mazrek, como fiquei sabendo recentemente. Não sei o que ele pode ter dito por aí, mas repito enfaticamente que ele próprio aceitou o papel, ninguém o obrigou.

Em síntese, a idéia inicial de toda esta história pode ser resumida em duas palavras: foi a carência que nos conduziu a ela. Carência de um cadáver. Nada mais.

Sobre o testemunho do cidadão holandês Roel Ohlbaum. Anotações do inquérito

Considerado por muito tempo como o delírio de um louco, portanto sem valor algum, o testemunho do cidadão holandês Roel Ohlbaum, com as fotografias que o acompanham, constitui hoje a peça mais convincente do dossiê sobre o crime de Saranda.

Roel Ohlbaum, cidadão holandês, várias vezes internado no hospital psiquiátrico de Amsterdã, esteve por três vezes em visita à Albânia: a primeira delas com visto de turista e as duas outras clandestinamente, após atravessar a fronteira a pé. Em todas essas ocasiões solicitou asilo político, que lhe foi negado devido a sua condição psíquica.

Em suas andanças pelos arredores de Saranda e áreas rurais em torno, na localidade chamada Krytha e Poshtme, insistiu em ter fotografado um morto que se erguia do leito mortuário para beber água, estendendo-se depois novamente sobre a padiola onde uma mortalha o cobria. Nem a narrativa da testemunha nem as fotografias foram levadas a sério, devido a sua insanidade mental, embora estas últimas mostrassem nitidamente o soldado Lul Mazrek em diferentes posições — estendido sobre a padiola, coberto pelo sudário cheio de manchas, no momento em que afasta a mortalha e logo a seguir bebendo em uma torneira, entre outras.

O exame do dossiê e dos fatos indica que, a despeito da fantasiosa interpretação adiantada por Roel Ohlbaum, tanto as fotografias como seu testemunho são plenamente válidos. O soldado Lul Mazrek foi visto e fotografado pela testemunha em uma barraca abandonada do Exército, em Krytha e Poshtme, em um dos dias de ensaio de seu macabro papel.

As manchas nas calças do comandante, que Tonin Vorfi interpretou como nódoas de sangue, e portanto como provas de um homicídio cometido por seu proprietário, eram apenas tinta vermelha, igual à usada para tingir a mortalha.

12. O reinício da temporada de teatro

Uma semana depois do retorno de Violtsa à capital, Lul Mazrek voltou por seu turno a B., num caminhão que lhe deu carona. Em casa o esperavam saudosos. Ainda trazia o braço enfaixado, mas os seus, já cientes do acidente, fingiram não reparar. A mãe parecia ainda mais rejuvenescida; o pai, em compensação, mais empedernido.

Durante dois dias ele não saiu de casa. Vivia com sono. No terceiro dia, foi ao Bar Liria tomar um café. Começou a passar parte de seus dias no bar, à espera de algum trabalho na Casa de Cultura ou no teatro. As pessoas morriam de desejo de ouvi-lo contar sobre os acontecimentos na fronteira, mas ele se tornara assombrosamente lacônico. Quando o braço sarou de todo, passou a jogar bilhar, por recomendação médica.

A idéia de prestar concurso outra vez para a Escola de Arte ocorria-lhe de quando em quando, mas de maneira vaga. E assim, sem alarde, foi se dissipando.

Na primavera, noivou com uma jovem que trabalhava na Caixa Econômica. Mas foi um noivado curto. Separaram-se no ano seguinte, discretamente, tal como haviam se comprometido, e os dias de Lul Mazrek voltaram a transcorrer na sala de bilhar do Bar Liria.

Nik Balliu continuava sumido.

Um dia, quando voltava para casa mais cedo que de costume, Lul Mazrek distinguiu ao longe alguém que saía pela porta cabisbaixo, como quem deseja passar desapercebido. Entrou e notou o rubor nas faces da mãe, os gestos forçados. Como quem faz uma descoberta, deu-se conta de que ela ainda não completara quarenta anos, fechou-se em seu quarto e não pensou mais no assunto.

Como nada acontecia em B., os anos pareciam transcorrer mais depressa. Depois de um segundo noivado, um pouco mais longo que o outro, Lul Mazrek engordou um pouco, mas ainda era um belo rapaz.

As grandes comoções políticas o encontraram em B. O noticiário da televisão mostrava todas as noites multidões pulando as grades de ferro das embaixadas em Tirana. Depois, os navios lotados de gente no porto de Durres. Nem em sonho alguém poderia supor tamanha banalização daquilo que já fora a coisa mais impossível na Albânia: a fuga.

Por várias vezes Lul Mazrek estivera a ponto de partir também, mas o dia seguinte o encontrava no mesmo lugar. Ele próprio não entendia que pregos ocultos o prendiam.

Por fim a agitação chegou a B. À noite ouviram-se armas, não se sabe dispararadas por quem. No dia seguinte ao anúncio da criação do Partido Democrático, Lul Mazrek saiu pela cidade à procura de sua sede. Estava certo de que finalmente iria encontrar Nik Balliu. Mas nem ali o achou. Um dia, pensou tê-lo visto no noticiário da tevê, no meio da multidão que arrastava a estátua derrubada do ditador em Tirana. Mas não tinha certeza.

Seguindo o exemplo da capital, em toda cidade onde se derrubava uma estátua passava-se uma corda para arrastá-la pelas ruas. Os jornalistas faziam os mais surpreendentes comentários. Dois ou três escreveram que aquilo era uma vingança pelos cadáveres de evadidos que tinham sido arrastados. Na falta do ditador em carne e osso, arrastavam sua efígie. Como eram pouco versados em coisas religiosas, faziam as piores confusões, especialmente quando resolviam tomar exemplos dos livros sagrados. Depois de lembrarem os ídolos derrubados, alguns remontaram a Jesus, dizendo que também ele fora arrastado, no Gólgota, não se sabe ao certo se por Maomé ou Tamerlão.

Lul Mazrek divertia-se ao ouvi-los, e às vezes exclamava "Esta é o máximo!".

Em vez do Bar Liria, agora freqüentava os escritórios do Partido Democrático, que ultimamente a imprensa dera para chamar de "Sede Azul".

Foi justamente ali que ouviu falar pela primeira vez de um processo que seria instaurado em Tirana. Seria julgado um episódio de terrorismo psicológico empregando cadáveres numa cidade do litoral.

Lul Mazrek conteve a respiração. Depois tratou de tranqüilizar-se. Aconteciam tantas coisas na Albânia. E falava-se de mais coisas ainda, acontecidas e imaginadas.

Mesmo assim, passou a prestar atenção quando folheava os jornais. No meio da confusão de notícias, não era fácil encontrar as esquisitices que se escreviam sobre o processo. Ele passou a colecioná-las. Um dos jornais se referiu especificamente a um soldado coberto por um lençol ensangüentado, que foi levado para cima e para baixo numa lancha visando atemorizar a cidade. A reportagem era confusa, mal escrita. Mal se conseguia entender que o soldado estava vivo mas fora exibido como um cadáver. A entrevista com a mãe de um evadido morto na fronteira gelara o sangue de Lul. O jornalista perguntara o que a mulher achava daquela encenação macabra, do lençol ensangüentado e do soldado se fingindo de morto, e ela respondera que gostaria de ver o soldado assim mesmo, mas morto de verdade. Lul Mazrek empalideceu.

Tentou esquecer o artigo. Aconteciam tantas calamidades em toda parte que era difícil guardar uma na memória. A oposição democrática ganhara as eleições, mas a agitação continuava. O Estado desmilingüia-se como uma barraca velha. Saqueavam-se depósitos de armas. Roubavam-se arquivos. Os cães da guarda fronteiriça, abandonados nas ruas, atacavam as pessoas que lhe pareciam fugitivos.

Lul Mazrek não acreditou em seus olhos quando, certa manhã, o carteiro entregou-lhe uma carta da Procuradoria Geral. No meio de tanta confusão, como é que achavam tempo para instaurar processos e até para convocar as pessoas para depor na capital?

Então o assunto do processo de Saranda não fora mero fuxico da imprensa. No dia marcado, pegou o único ônibus que ainda fazia a linha de B. à capital. Era a segunda vez que ia a Tirana. Enquanto procurava o tribunal, passou em frente ao Banco Nacional. Por um instante olhou para as altas colunas, depois para as janelas mais acima, tentando imaginar onde ficaria a sala de Violtsa Morina. A bem da verdade, Violtsa Morina fora a primeira diante de quem ele apresentara sua defesa: "Não tenho culpa, apenas representei meu próprio papel".

Aquelas foram as primeiras palavras com que ele tentou se dirigir ao tribunal, quando o convidaram a tomar seu lugar. Mas o magistrado interrompeu-o. Não havia pressa. Tratava-se de um longo processo, todo um regime seria acusado. No cárcere, agrilhoados, achavam-se o ex-ministro do Interior, seu assessor, dois membros do Birô Político, outros chefes, ou seja, todos os implicados no crime.

Ele, Lul Mazrek, não passara de um instrumento, um simples soldado. Se estivera no epicentro do crime, isso não queria dizer que fosse culpado. Portanto, não precisava se apressar.

Enquanto falava, o magistrado folheava o dossiê diante de si. Seus olhos mostravam cansaço. Passaria tudo a limpo, não só a monstruosidade em si, mas também como surgira a idéia de cometê-la. Iriam até as raízes, ali onde o germe do crime se abrigava nas trevas. Cavariam até as profundezas daquele poço para trazer tudo à tona.

Como se tentasse criar coragem, o magistrado mencionou outros encarcerados. O presidente do Supremo Tribunal. O procurador-geral. Um segundo ministro. A esposa do ditador também estava presa, mas devido a outro caso. Abrindo os braços, com um sorriso amarelo, o homem comentou: "Talvez tenham ouvido falar, depois da morte do marido ela parece ter se excedido no café que serviu aos visitantes, comprado com dinheiro do Estado... He-he!".

— E agora, jovem, diga o que sabe, tal como sabe.

Lul Mazrek não teve dificuldades em falar, mais ainda porque gostou do magistrado. Foi encadeando as palavras. Só se detinha para indagar "Não sei se devo revelar coisas assim", ao que recebia um sinal afirmativo de cabeça e um "Fale de tudo", e prosseguia. Quando mencionou pela primeira vez o comandante da unidade, naturalmente fez a pergunta: "Não ouvi o nome dele; está preso ou em liberdade?".

O magistrado, apanhado desprevenido, abriu de novo o dossiê. Ia repetindo em surdina o nome do comandante, enquanto procurava. "Não", disse por fim, "não foi encontrado." Não estava na cadeia nem em liberdade, mas desaparecido.

Lul Mazrek mal conteve um suspiro de alívio. Contanto que ele não testemunhasse...

— Afogado no Canal de Otranto — prosseguiu o magistrado. — Lamentavelmente.

Por alguns instantes Lul Mazrek não ouviu mais nada. Imaginou o corpo sem vida flutuando nas águas, despido e diáfano, exceto pelas duas verrumas de aço claro que eram os olhos e seriam as últimas a desaparecer. Suspirou outra vez.

O inquérito judicial prosseguia. Cada vez mais a imprensa escrevia sobre ele. Alguns jornais destacavam o caráter insólito de sua história. Outros sublinhavam sua extraordinária importância: seria o primeiro processo por crime contra a humanidade em toda a Albânia, talvez em todo o império derrocado do comunismo. Outros parecidos estavam sendo preparados na Hungria, na Polônia e sobretudo na Alemanha, sobre as mortes e o terror no Muro de Berlim. Dizia-se que o Tribunal de Haia estaria presente. "A Albânia no centro das atenções, negativamente como sempre!", escrevia o mais influente jornal da capital. Embaixo, dizia que a pobre Albânia, mesmo sem possuir catedrais de estilo gótico ou barroco, em matéria de crime rococó rivalizava com as mais ilustres tradições européias.

No início do verão, Lul Mazrek foi convocado a Tirana pela terceira vez. O julgamento teria início no outono. Em agosto se processaria a reconstituição dos fatos. Portanto, todos voltariam a se reunir em Saranda, réus e testemunhas. Lul Mazrek ouviu as explicações transido. Quando disseram que ele seria estendido na lancha e coberto com o lençol ensangüentado, tal como na época, gritou: "Não, não!". Falaram-lhe pacientemente. Explicaram-lhe que ele era o personagem principal naquela história. Sem ele não se poderia proceder à reconstituição. E aquilo nada tinha a ver com culpa. Ele ouvia, ouvia e gritava outra vez: "Não!". Não, nunca aceitaria aquele suplício. Mais valia que o condenassem.

Voltaram a insistir amavelmente. Disseram que entendiam seu sofrimento. E o medo de desempenhar o papel de morto, mais ainda agora que as dimensões do crime eram conhecidas. Mas ele tinha o dever moral de fazê-lo. Assim tranqüilizaria a consciência, perante os familiares das vítimas e ao mundo, naturalmente.

Quando viram que palavras brandas não adiantavam, tentaram ameaças veladas. Ele jamais poderia se furtar à confrontação com a verdade. A cena macabra, que ele pensava poder varrer da memória, estava perpetuada para sempre na película das fotos.

Lul Mazrek fitou uma a uma as fotografias, com os olhos esgazeados. Era mesmo ele. Coberto pelo lençol, meio descoberto, enquanto se erguia da maca para beber água, depois junto à torneira de dupla embocadura e novamente na maca, coberto pelo lençol cujas nódoas conhecia tão bem: duas grandes, no tronco, e uma mais acima, na altura da cabeça...

Um maluco conseguira enxergar aquilo que milhares tinham sido cegos para ver, ou haviam se passado por cegos.

Lul Mazrek baixou a cabeça para dizer que aceitava.

Na viagem de ônibus ao voltar para casa, sua imaginação transportou-se para o dia de agosto em que todos se reuniriam tal como na época. Ele, Violtsa Morina, o ministro, Tonin Vorfi, o comprido, hoje todos tão distantes como se pertencessem a outro mundo. Cada um desempenharia seu papel no enredo, e ele entraria em cena envolto na mortalha ensangüentada. A multidão no cais acompanharia tudo em silêncio. Os olhos de Violtsa Morina deixariam talvez escapar uma última lágrima por ele. A mulher trajando luto voltaria a maldizê-lo: "Você que arrastou meu filho, tomara termine assim, na mortalha!". Outros sentiriam terror e piedade, como os antigos.

Mais que os discursos oficiais, o reinício da temporada teatral deu aos cidadãos de B. a sensação de que a tranqüilidade finalmente estava de volta após tantas e exaustivas agitações.

A *gaivota*, censurada durante anos, voltava ao palco. Os cartazes estavam afixados por toda parte, inclusive na entrada do Bar Liria.

Olhando de viés para ele, Lul Mazrek, que voltara a tomar ali o seu café matinal, pensou em sua solitária temporada teatral, que se encerrara tão melancolicamente e que seria reencenada em breve, talvez ainda mais sombria.

Ele tinha em mente a viagem para Saranda, mas especialmente o grande julgamento, ao qual compareceria e se defenderia, sozinho diante de todos.

Tal como durante o inquérito, continuava convencido de que por mais que procurasse não encontraria outras palavras afora as que dissera a Violtsa Morina naquela cálida noite de agosto.

"Eu era ao mesmo tempo o guardião e o violador da fronteira. Simultaneamente servidor e inimigo do Estado. Portanto, não fiz senão representar minha tragédia."

Às vezes ensaiava seu monólogo em frente ao espelho, como fizera outrora, antes de um recital de poesias.

Entretanto, rumores sobre o julgamento e o macabro papel de Lul Mazrek tinham chegado a B. Isso o impulsionava a preparar-se para a defesa com redobrado fervor. Às vezes sentia, ao lado da aflição, certa impaciência de comparecer aos olhos do mundo inteiro.

"Eu estava ao mesmo tempo vivo e morto. Representava o meu espírito que desejava evadir-se e meu corpo que permanecia aqui. Metade da Albânia vivia assim, apenas o acaso fez com que coubesse a mim encarnar a cisão."

Uma noite, quando voltava para casa, pareceu pressentir uma presença suspeita atrás de uma cerca que ladeava a rua. Retardou os passos, enquanto buscava com os olhos as janelas da casa, ainda demasiado distantes.

Um abafado rosnar canino, depois de tranqüilizá-lo por um instante, aumentou-lhe a angústia quando fixou seu olhar. Vieram-lhe à memória as coisas que tinha escutado sobre os cães abandonados pela guarda das fronteiras. O animal permanecia de um lado da rua, com aqueles olhos faiscantes e gélidos como um entrechoque de facas. "Como conseguiu chegar até aqui?", pensou, confuso, recordando o pastor alemão do comandante.

Caminhou cautelosamente, sem desviar os olhos. Ao se aproximar da porta de casa, disse consigo: "Você não me mete medo. Virou comida de peixe, coitado".

13. O fim

Era domingo. Como todos os dias, Lul Mazrek saiu para tomar um café matinal no Bar Liria.

No caminho comprou os jornais. Um deles estampava outra vez uma notícia sobre o julgamento. A cidade litorânea do sul fazia os últimos preparativos para a reconstituição dos fatos. O escultor local acabara de concluir uma placa comemorativa com o nome dos mortos no mar e ao longo da costa. Surgira uma polêmica a respeito do texto que encimava os nomes. "A *Pátria pede perdão a seus filhos e filhas que perseguiu impiedosamente por quererem abandoná-la*": a enunciação parecia inquietante demais para muitos. Os evadidos não tinham sido punidos pela pátria, mas pelo regime comunista. Por outro lado, substituir "Pátria" por "regime" criaria outros problemas; o regime fora derrubado, sem pedir perdão por nada.

Sempre que se deparava com uma notícia daquelas, Lul Mazrek sentia um aperto no peito. Naquele dia a dor pareceu-lhe insuportável. "Não os entreguei nem zombei deles", repetiu, como sempre, uma passagem de seu infinito monólogo. "Eu era um jovem ator, nada mais."

Achou o café frio e pediu outro. Não respondeu quando o barman comentou que ele parecia pensativo. Os transeuntes passavam em silêncio por trás da vidraça. "Marcham todos, sem rima nem razão", pensou, dolentemente.

Deixou o dinheiro sobre a mesa e dirigiu-se para a saída. Não tinha dado três passos na calçada quando ouviu gritarem: "Ei, artista!".

Voltou-se com um esboço de sorriso de reconhecimento nas faces. Era a primeira vez que o chamavam assim em público. A alguns passos viu o homem com o rosto coberto por uma máscara. Quando distinguiu o cano negro do revólver, fumegando levemente, sentiu um impacto no peito. Ao cair de lado, enxergou com os olhos fixos a máscara que se inclinava com ironia para o lado contrário, como se zombasse dele. Ouviu o segundo tiro como se viesse de longe, enquanto a treva tomava seu cérebro.

Pessoas corriam, vindas do bar e do prédio em frente. Alguns se curvavam sobre ele, outros olhavam na direção por onde o mascarado desaparecera. Alguém gritou pela polícia e pela ambulância, mas um dos que tinham se inclinado sobre o corpo disse que não adiantava: "Acabou".

Os dois guardas de trânsito, que chegaram primeiro, ficaram atônitos. Gritavam para que as pessoas se afastassem e tirassem dali as crianças. Uma mulher grávida, branca como cera, tentava se apoiar no braço de um desconhecido. Outros se agitavam ruidosamente. Alguém trazia às pressas um grande lençol. Cobriram o cadáver com ele e, surpreendentemente, fez-se em seguida certa calma. Enquanto esperavam a polícia e o legista, as pessoas fitavam pensativamente o homem que pouco antes tomava seu café no bar, tal como eles, e que agora jazia por terra coberto pela mortalha.

Uma mancha vermelha surgiu no meio do tecido e começou a crescer. Em seguida outra brotou a seu lado, a princípio pálida, depois cada vez mais viva. As pessoas não tiravam os olhos da cena, como que enfeitiçadas pelas incompreensíveis aparições. Uma terceira mancha, de um vermelho ainda mais forte, começou a aparecer mais acima, ali onde devia estar a cabeça do morto.

Lul Mazrek foi enterrado no dia seguinte ao meio-dia, uma hora depois da chegada do telegrama de Tirana convocando-o para se apresentar à pequena cidade litorânea.

Ali, tudo estava pronto para a reconstituição. Havia até cartazes expostos, lembrando os do teatro.

O escultor Pirro Germenji, com seu cachimbo fumegando cada vez mais forte, concluíra finalmente a placa comemorativa. Depois de várias propostas, tinham aprovado uma enunciação mais simples: *"Da Pátria contrita, a seus infelizes filhos e filhas"*. O nome dos rapazes e moças mortos estavam grafados em itálico, para, segundo o escultor, simular aquela inclinação para adiante de alguém que parte às custas de um doloroso esforço.

Eis a ordem em que figuram: Altin Kraia, Ilir Herri, Blendi Kokona, Elona Shllaku, Nik Balliu, Ilir Hoxhvogli, Engjellushe Kruja, Marie Shkezi, Bardh Malaholli, Andi Petrela, Rexhe Berisha, Ana Krasta, Zymbyle Himci (Lili Preza), Gentian Hoxha, Niko Stamatis, Krisulla Gramatiku, Manushaqe Zekthi, Afrim Zekthi, Lek Mirakaj, Zana Paholli, Alban Gjadri.

Tirana-Paris, 2001-2002